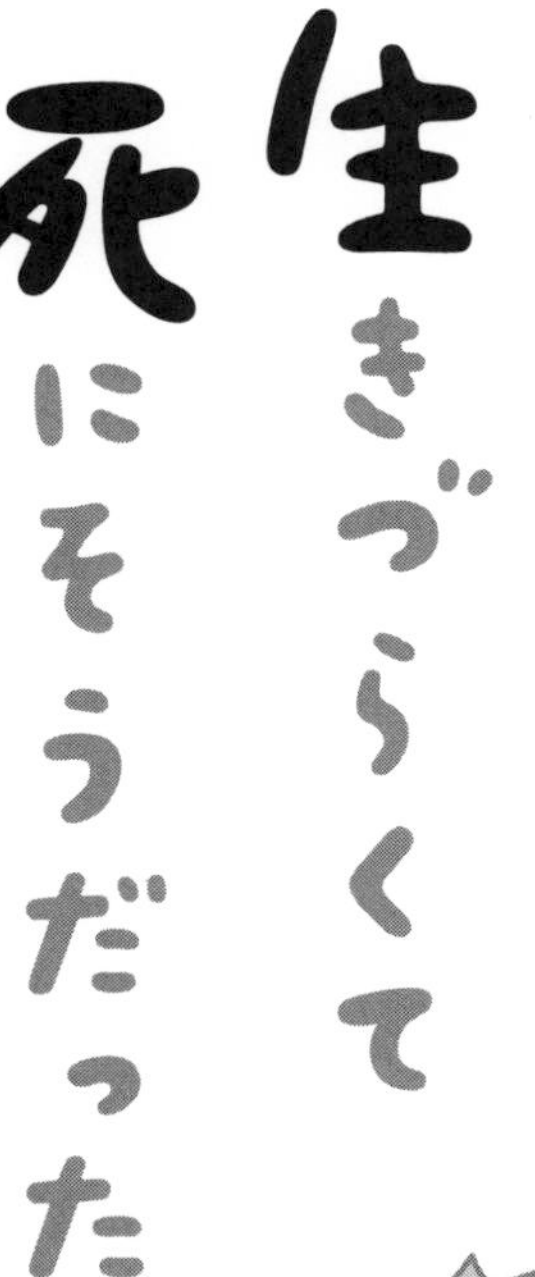

生きづらくて死にそうだったから、いろいろやってみました。

アルテイシア
artesia

講談社

はじめに

この本を読むと世界がキラキラ輝き始めて、人生薔薇色のイージーモードになる。なんてことはもちろんない。ただ読者の皆さんの生きづらさが少しでも減るといいな、と思って本書を書いた。

基本、生きることは面倒くさいし疲れるものだ。金田一の犯人ぐらいやることが多すぎるし、考えることも多すぎる。ムカつくことやヘコむこともいっぱいある。将来が不安で眠れない夜もある。そんな日々に疲れ果てて、もう楽になりたい、この世から消えてしまいたい……と思う気持ちはよくわかる。かつての私もずっとそう思って生きてきた。

20代の私は毒毒モンスターペアレンツに追いつめられて、男尊女卑ダンジョンでぶん殴られて、セクハラ&パワハラのセパ両リーグな会社を辞めて無職になり、おまけに恋人にも振られて、金もなければ頼る家族もいない、絶体絶命、五里霧中、暗中模索な状況で「人生終わってくんないかな」と願っていた。

そこから月日が流れて、46歳の私は「人生って意外と楽しい、83歳ぐらいまで生きたいな」と願っている。

そんな私が皆さんに伝えたいのは「生きづらくて死にそうなのは、あなたのせいじゃない、人生がハードモードすぎるんだ」ということだ。

そもそも生きること自体がしんどいのに、毒親の呪い、ジェンダーの呪い、人間関係の呪い、仕事の呪い、恋愛の呪い、出産の呪い、年齢の呪い……など、さまざまな呪いが私たちを苦しめる。

それらの呪いは、透明の首輪みたいなものだ。私も「なんだかずっと息苦しい」と思いつつ生きていたけど「こんなん首についてたんか！」と呪いの正体に気づいて、ジタバタもがきまくった末に首輪を外すことができた。すると前より楽に息ができるようになり、随分と生きやすくなった。
そんな呪いの首輪を外すためのヒントを本書に詰め込んだので、少しでもお役に立つと嬉しい。

特に親子関係に悩む人に読んでもらえると嬉しい。私は毒親に苦しめられた民として、毒親コラムを長年こつこつ書いてきた。それらを読んだ毒親フレンズから「楽になった、救われた」といった感想をいただいてきた（ありがてえ）。

「うちは毒親じゃないけど」という方でも親子関係に悩む人は多いと思う。どんな親でも、親は親というだけで抑圧になるからだ。つまり我々はみんな見えない首輪をつけられたフレンズなのだ。

私の場合は両親ともに遺体で発見されるというエンドを迎えたけど、親が存命でナウ苦しんでいる方もいるだろう。また厄介なことに、親は死んだ後も子どもを困らせたりする。私は父親の死後に5千万の借金が出てきて、脱糞しそうになった。

そこで借金取りに「このうんこで勘弁してください」とうんこを渡しても、勘弁してはくれない。そんな困った事態になった時の対処法などを、弁護士の太田啓子さんとの対談「毒親から逃げるための法律知識」で語っているので参考にしてほしい。

犬山紙子さんとの対談「生きづらさを解消するために」では、生きやすくなるためのライフハックやお互いの経験などを語り合った。若い頃の自分に聞かせてあげたかったな〜という中身の濃い話をしてくれたお二人に感謝である。

また「うちのサイトで連載しませんか？」と声をかけてくれた＆Ｓｏｆａ（アンドソファ）の編集者にも感謝である。「疲れた時に横になれるソファのような、ほっとくつろげる空間にしたい」という思いで＆Ｓｏｆａを立ち上げた編集者は、私と同世代の女性である。マジで疲れた時に横になるって大事、というか中年はデフォルトで疲れているし、横にならないと死ぬ生き物。

中年じゃなく若年であっても、今は大体みんな疲れている。だってこのヘルジャパンがハードモードすぎるから。「これどんな改造マリオ？ クソゲーすぎないか？」みたいな設計のくせに、自己責任だの努力不足だの言われて「ふざけんなクソが!!」とうんこを投げつける元気もない。

そんな青息吐息な状況かもしれないのに、本書を手に取ってくれたあなたに一番感謝である。どうかひと時でもくつろいで、温かい飲み物など片手に読んでもらえると幸いです。

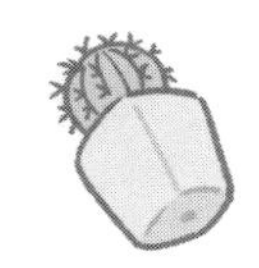

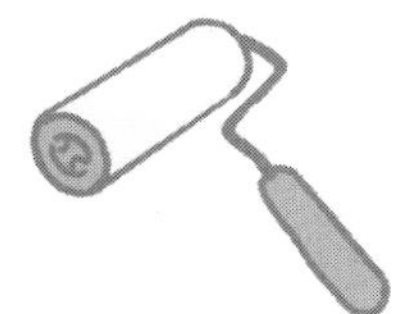

目次

1 毒親の呪いから解放されるまで 地獄編

みんなー、生きづらいですかーーー!!?

イエーーーイ!!(幻聴)

かくいう我も、幼い頃から生きづらくて死にそうだった。29歳ごろまで「いつ死んでもいいや」と思いながら生きていた。積極的に死にたいというより、この世界から消えたい願望が強かった。ところが45歳になった現在は「腕白でもいい、長生きしたい」と生きる気まんまんである。

そこに至るまでの経緯や、生きづらさを解消するためにやったことなどを書きたい。

うちは両親ともに毒親で、両親ともに遺体で発見された（私が殺したわけではない）。

私が33歳の時に母が変死して、43歳の時に父が自殺して、これで二度と親に迷惑をかけられずにすむ……とホッとしたのも束の間、家に借金取りがやってきて、父が遺した5千万の借金を背負わされた。親の遺した借金と聞いて、失禁しそうになった毒親フレンズもいるだろう。私も「冗談はよし子さん!!」と脱糞しそうになった（私のコラムはJJ＝熟女言葉が頻出するので、わからない人は周りの年寄りに聞いてほしい）。

親に借金があった場合も、死後3ヵ月以内に相続放棄の手続きをすれば、だいじょーVである。

私の場合は、23歳の時に父に脅されて借金の保証人にさせられたのだ。保証人の債務は放棄できないので、絶対に署名捺印してはいけない。推しを質に取られてもしてはいけない。いざとなったら実印を膣にしまって逃げよう。そのへんは拙著**『離婚しそうな私が結婚を続けている29の理由』**に綴っているので、参考にしてほしい。

さらには、私には同い年の双子の弟がいる。母親似で美形の彼は若い頃モデルをしていたが、借金で首が回らなくなり、私が何度も尻拭(しりぬぐ)いしてきた。なぜうちの男連中はやたら首が回らなくなるのか、『エクソシスト』のお嬢さんを見習ってほしい。

父の死後、弟ともいろいろあって音信不通&消息不明になっていた。これで弟も遺体で見つかったら〝家族全員が遺体で発見された女〟という中二が濡れる設定になってしまう……と思っていたら、

なんと弟はユーチューバーになっていた。

人生は驚きと発見の連続、しゃかりきコロンブスである。この件もまたおいおい書きたいと思う。

毒親に話を戻すと、毒親育ちもいろいろだ。いろいろだけど「みんなちがっ

て、みんなつらい」が現実であり、それぞれが親の呪いに苦しめられる。
　オギャーと生まれた赤子にとっては、親が世界のすべてだ。その親から無条件に愛される経験をしていないと「自分はこの世界に生きていていいんだ」と思えない。また幼い頃から親に突然キレられたり怒鳴られたりすると、人間が怖くなる。一番身近にいる親が信頼できないため、人を信頼できなくなる。人に心を開けないから、人付き合いを避けるようになったり、表面的な付き合いしかできなくなったりする。かつ、人の好意がわからなくなる。自分を好きになってくれる人が現れても「何か裏があるんじゃないか、利用するつもりじゃないか」と疑ってしまったりする。あるいは「自分は特別に何かしないと好かれない」と過剰に尽くしてしまったり、相手に嫌われるのが怖くて無理に合わせてしまったりして、対等な人間関係を築けなくなる。どうにか人間関係を築いても、見捨てられる不安からお試し行動をとってしまったりする。

　といった毒親育ちあるあるを述べると、毒親フレンドは「わかる！」と膝パーカッションしてくれる。

一方、毒親育ちじゃない人にはわかってもらえなくて、その「わかってもらえなさ」にも苦しむ。たとえば「親が死んでホッとした」と言うと、人でなしだと思われる。

親が死んで悲しめない子どもが一番可哀想なのに、それをわかってもらえない。私は親が死んで悲しめる人が本気で羨ましかった。

「毒親ポルノッ！　それが俺たちを苦しめるッ!!!」

とジョジョっぽく表現したが、私は断絶していた親子が許し合って和解する系のお涙頂戴コンテンツを「毒親ポルノ」と呼んでいる。どんなにひどい親でも、吐き気をもよおすような邪悪でも、子どもは「親を愛せない自分はひどい人間じゃないか」と罪悪感に苦しむ。そのうえ世間や周りから「子どもを愛さない親はいない」「だから親を嫌うなんておかしい」「許して和解すべきだ」と圧をかけられ、何重にも苦しめられる。

私は「敵は己の罪悪感」を標語にして、毒親のもとから逃げ出した。逃げなければ、親か自分を殺してしまうと思ったから。

「たったひとつだけ策はある！　とっておきのやつだ！　逃げるんだよォォォ————ッ」

というジョセフ精神で、18歳の時に家を出た。そしてバイト漬けで学費や生活費を稼ぎながら、国立大学に通っていた。当時は親のお金で留学したり教習所や語学スクールに通う同級生に対して、ねたみ・うらみ・つらみ・そねみでガールズバンドを組める状態だった。そんな自分がみじめで劣等感の塊だったからこそ、周りを見下すようになった。「苦労知らずの甘ちゃんめ」と周りをバカにして「こんなに苦労や努力をして俺ってスゲー！」と選民意識をこじらせて「努力してない奴を許せない」と考えるようになっていた。

そんなふうに考えないと、やってられなかったのだ。そのせいで大学時代はあまり友達ができなかった。当時はハタチそこそこの娘さんだったし、しかたないなと思う。でもやっぱり思い出すと恥ずかしい。まあそれが今コラムのネタになっているので、よしとしよう。黒歴史は恥だが役に立つ。


黒歴史でいうと、私は大学時代にビッチと化した。中高と女子校育ちで異性に免疫がなかったが、大学に入って彼氏ができた。その彼氏とも3ヵ月ほどで別れて、その後は無風状態が続いていた。そこに阪神大震災が起こった。私は神戸のど真ん中で被災して、友人や知人を亡くした。

たしかあれは地震の3日後だったか、瓦礫だらけの街でバッタリ父に出くわした時「なんやおまえ、生きとったんか」と言われた。震災の報道では「家族の絆」が強調されるが、それがない人間だっているのだ。

そこから我はあばずれ番外地を爆走することになる。「何もかもぶっ壊してやる……!!」と破壊神のような勢いで、酒に酔ってゆきずりの男とやりまくった。「そんなの危ないよ」「自分を大切にして」と心配してくれる女友達もいたが、親から死んでもかまわないと思われている人間が、どうやって自分を大切にできるの？　と聞きたかった。私が死んだらあなたたちは泣いてくれるよね、でもきっと何年かすれば忘れるよね。また大きな地震が来たら、あなたたちには真っ先に探してくれる家族がいるよね。でも私にはそんな存在がいないんだよ。あなたたちも真っ先に探すのは私じゃないでしょ？

要するに、私はスネていたのだ。当時はハタチそこそこの娘さんだったし、そりゃスネもするわいな。というわけで自暴自棄になって、酒やセックスに逃避して、メンはヘラヘラ、体はヨレヨレ。でも金を稼がねばならんので、新卒で某有名企業に入社した。

これでもう金の心配をしなくてすむ、と喜んだのも束の間、商売が傾いた父は何度も金をせびってくるし、母は仕事中に何度も電話してきて無視したら職場に突撃してくるし、おまけに職場はセクハラ＆パワハラのセパ両リーグだし、そりゃうつ状態になるわいな。

というわけで28歳の時に退職して無職になった。そんな人生詰んでるオブザデッドな地獄から、いかにサバイブしたか？　毒親の呪いから解放されて、生きやすくなったのはなぜか？　そのへんのことを次回書きたいと思います。

2

毒親の呪いから解放されるまで サバイバル編

（前回のあらすじ）父の一言がきっかけでビッチ期に突入、その後もいろいろあって人生詰んだ。

かつての私が酒やセックスに依存したのは、現実のつらさから逃避したかったからだ。また私は北半球一の寂しがりやで、いつも寂しかった。誰かに甘えたかったし、抱きしめてよしよしされたかった。でも誰もタダでそんなことしてくれないので、セックスをエサに男を釣っていたのだ。セックスしている一瞬は寂しさやつらさを忘れられたけど、そんなのはシャブみたいなもので、リバウンドでさらに苦しむ羽目になる。

ちなみに遵法意識が高いので、シャブはやったことないです。

ビッチ期は漆黒の時代だったが、その結果セックスが得意科目になり、それをネタにコラムを書けたのでよしとしよう。黒歴史は恥だが役に立つ（二度目）。

28歳、セクハラ＆パワハラのセパ両リーグな会社を辞めて無職になった。当時はうつ状態だったため、転職活動する元気もなかった。その時たまたま母親と会う機会があり、会社を辞めた話をすると「あなたは辞めてないわよ」と頑なに認めなかった。「この人は有名企業に勤めるエリートの娘じゃないと嫌なんだな、子どもの体の心配よりも、自分の見栄やプライドが大事なんだ」。そんな母には慣れていたけど、やっぱり深く傷ついた。当時の私はまだ、親の愛情を期待していたのだ。何度裏切られて絶望しても期待を捨てられない、子どもとはせつない生き物である。

でもその一言でようやく諦めがついた。

同じ時期に、父親からまた金を無心された。今は無職でお金がないと話しても「貸さないと自殺する」と脅されて、私はなけなしの100万円を渡した。「俺が死んだらお前のせいだ」と脅迫する、モラハラやストーカーの手口である。それをわかっていて金を渡したのは、万が一にも父に自殺されたくなかったからだ。「なんやお前、生きとったんか」とほざいた父は、私が死のうがどうでもよかったのに。

もう二度と毒親に苦しめられるのはごめんだ。ようやく踏ん切りがついた私は携帯番号もメールアドレスも変えて、完全なる絶縁を果たした。そしてその数年後、遺体とご対面となったのである。詳細は拙著『**離婚しそうな私が結婚を続けている29の理由**』に綴っているので、よろしくどうぞ。

毒親の呪いに苦しむフレンズには「テロリストとは交渉しない」という言葉を贈りたい。

世間は「親子なんだから、話し合えばわかり合える」と毒親ポルノを押し付けてくるが、話し合ってわかり合える親ならそもそも苦しんでいないのだ。「親を許して和解するべき、じゃないと親が死んだ後に後悔するよ」という脅しも「今日耳日曜～♪」とスルーしよう。

許したくても許せなくて苦しむ被害者に「許すべき」と強要するのは二次加害だ。私は親が死んでも後悔なんてなかったし、むしろもっと早く絶縁すればよかったと後悔している。そしたら借金の保証人にもならずにすんだのに。だからみんな……実印を膣にしまって逃げて……膣がゆるければアナルでもいいから……私の屍をこえていけ!!（ガハッ）

エア吐血しながら続けると、無職期間に「しばらく実家に帰って休んだら?」とアドバイスしてくる人もいた。けれども、それがしには帰る実家などござらぬ。おいどんは生きるために金を稼がねばなりませぬ。というわけで、やつがれはフリーランスとして仕事を始めた。

地獄折れ線グラフでいうと、この時が底つき期間だったと思う。先が見えず不

安でいっぱいで、不安を紛らわすために酒に逃げて、酔っ払って転んで前歯を折った。げっ歯類じゃないので歯は生えてこないし、しかも前歯はセンターのポジションだ。

センターを失った絶望と将来不安から寂しさをこじらせて、本気で凍死しそうだった。それゆえ「節子、それ毛布やない、腐った雑巾や」みたいな男に手を伸ばして、溺れる者は糞をもつかむ状態だった。「この世界は地獄だ」とアルミン顔で虫の息だった私は「惚れたハレたはいらない、家族がほしい……!!」と腹の底から思っていた。

そんな29歳のある日、夫に出会った。

という文章を読んで「パートナーに出会って救われたって話かよ、ケッ」と唾を吐きたくなった人もいるだろう。でもそういう話じゃないので、いったん唾を飲み込んでほしい。

夫は上下迷彩服に身を包んだオタクで、昆虫と恐竜の話しかしなかった。そんな夫に対して恋愛感情は発動しなかったし、股間のセンサーも微動だにしなかったが、試しに付き合ってみた。夫のことを男としてじゃなく、人として好きになったから。また夫が私を女としてじゃなく、人として尊重してくれたから。

性欲薄夫の彼がセックスを求めてこないことにも安心した。また「世間に向かって唾を吐いているきみが好きだ」と言ってくれたのも嬉しかった。今まで男の前で素を出せなかったけど、夫の前ではそのまんまの自分でいられた。

かくして友情結婚のような形で結婚して、その経緯をブログに書いたら話題になって作家デビューが決まった。人生とは珍奇なり。

私は夫に出会ったことで、ペーパーウェイトを手に入れたのだと思う。「いつ死んでもいい」と思っていたけど、人生に重しができたことで「簡単に死ぬわけにはいかんな」と思うようになった。

以上はあくまで「※個人の体験です」であって、人それぞれ必要なものは違う。愛情飢餓状態だった私には無条件に愛してくれる存在が必要で、それがたまたま夫という人間だった。過去の私はメンタルが不安定な自分が大嫌いで「こんな自分を変えなきゃ幸せになれない」と思っていた。でも夫に「いろいろ大変なことがあったんだから、不安定になって当然だろう、べつに変わらなくていいんじゃないか」と言われて、「それでいいのだ」と肯定されたことで、メンタルが安定した。そんなアナルガバ太郎な伴侶を得たことで「ようやく生きていける」と自信がついた。そして結婚16年目の現在は「夫が死んでも大丈夫やな」と自信マンマン太郎になった。

もちろん夫が死んだら悲しいし、なるべく長生きしてほしい。夫自身が「不老不死になって45億年生きたい」とか言うアレな人なので、人魚の肉とか食えるといいねと思う。
ぱさぱさに乾いた植物のようだった私には、たっぷりの水が必要だった。それが満たされて心が丈夫になったから「夫がいなくても大丈夫、生きていける」と思えるようになったのだ。

人それぞれ必要なものは違う（大事なことなので二度言う）。
仕事、趣味、推し、パートナー、友人、子ども、ペット……自分の心を満たすものはさまざまで、「真の自立とは依存先を増やすこと」というように、いろんなものに頼りながら生きていくのが人間なのだろう。

私はあのタイミングで夫に出会えてラッキーだった。あれよりもっと前だったら、夫に出会ってもスルーしていただろう。あの時、自分に必要なものを見つけられたのは、神の意志やイデの導きではなく、腹の底から救われたかったからだ。救われたいあまり占いやスピ沼にハマった瞬間もあったけど、自分の答えは自分で見つけるしかない。そのためにはもがき苦しみながら自分を見つめて考え続けるしかないし、「自分の船の船長は自分だ」という覚悟が必要なのだと思う。

以上ダイジェスト版でお届けしたが、29歳まではおおむね地獄だった。当時を振り返ると「終わらない悪夢を見てるようだったよ……」と進撃のユミル顔になる。とはいえ「夫に出会って一挙解決ハッピハッピー！」というわけではもちろんない。だいぶ生きやすくはなったけど、呪いを解くにはもうしばらく時間がかかった。

次回は呪いから解放されるためにやってみたこと、毒親デトックス、中二病療法、ジョースター療法、WANTとMUSTの整理術、寝起きほめほめ大作戦……などのライフハックについて書きたい。

3

毒親の呪いから解放されるまで ライフハック編

（前回のあらすじ）夫に出会ってだいぶ生きやすくはなったが、他にもいろいろやってみた。

今回はいろいろやってみたなかで効果的だったことを紹介したい。自己啓発セミナーや膣にパワーストーンを入れるのは金がかかるが、以下はいずれもタダである。なので興味のある方は試してほしい。

■感情を吐き出す

過去の傷つき、苦しみ、怒り、悲しみ……といった感情を言葉にして吐き出す、やっぱりこれが一番効くと思う。私の場合は自分でも飽きてゲップが出るぐらい、毒親について書いたり話したりするうちに「親なんかどうでもええわ」という気分になってきた。

どうでもよくなるとは、親の存在が小さくなることだ。恐怖の毒毒モンスター的な存在だった親が、不完全でちっぽけな人間に見えてくる。すると毒親の呪い、すなわち支配から抜け出しやすくなる。

私は毒親について書くことがデトックスになったし、それを読んだ方から共感の声をもらうことにも癒やされた。同じように戦う仲間がいるんだと励まされたし、私の文章を読んで救われたという感想をもらって、自分の傷が他人を癒やす経験ができたことも大きかった。

毒親デトックスしたい方は、安心して吐き出せる場所を見つけてほしい。ネットで毒親コミュニティを探してもいいし、ＡＣ（アダルトチルドレン）の自助グループなどにつながるのもいいと思う。

■毒親フレンズを作る

女性が安心して何でも話せる場所を作りたい。そんな思いから、私は「アルテイシアの大人の女子校」という読者コミュニティを作った。女子校で毒親について話し合ったり、七夕に「毒親が早く死にますように」と短冊を飾ったりするうちに「毒親と絶縁できた」「生きづらさが減った」という声がメンバーから寄せられる。毒親と一人で戦うのはしんどいので、支え合えるフレンズを見つけてほしい。

■カウンセラーに相談する

信頼できるカウンセラーに相談するのもおすすめだ。今はオンラインカウンセリング等もあるので、毒親相談の実績がある、自分に合うカウンセラーを探してほしい。

毒親やAC関連の書籍を参考にするのもアリだ。いろんな書籍が出ているので、自分に合うものを見つけてほしい。私は毒親フレンズに田房永子さんの著書や、『毒親の棄て方　娘のための自信回復マニュアル』(スーザン・フォワード著)をよく紹介している。

毒親デトックスする際は、心身の調子と相談しながら行おう。調子が悪い時に毒親のことを考えるとフラッシュバックが起こったり、メンタル崩壊しそうになったりするので、無理は禁物でござる。

■中二病療法

「俺の中に眠る『もう一人の俺』」という中二病のアレである。

私は夫と結婚した後も、定期的に「寂しさ発作」に襲われていた。特に理由はないのに、無性に寂しくて死にそうになるのだ。そのたびに「今の私にはパートナーも友人もいて孤独じゃないのに、なんで？　どっかおかしいんじゃないの？」と不安になりつつ、ある日「コイツの正体をつきとめてやる」と自分の心を深く見つめてみた。すると「右腕に封印したアイツ」は出てこなかったが、「俺の中に眠る『もう一人の俺』」を発見した。

その正体は、過去の寂しかった自分だった。

親に愛されなかった自分、頼る家族のいなかった自分が「私はまだここにいる！　寂しいよ、ウエーン」と泣いていたのだ。それに気づいて「そうか、そりゃ寂しかったね、でももう大丈夫、もう一人じゃないから」と対話するうちに、気づくと発作が起こらなくなっていた。

毒親育ちは親に感情を無視されて、否定されて生きてきた。おまけに自分まで「べ、べつに寂しくなんかないんだもんね！」と感情を無視してしまうと、ふとした瞬間にあふれて発作が起こるんじゃないか。そこで今の「状況」じゃなく「感情」に注目して、これって過去の自分の声かもな？と耳を傾けると、心が落ち着いてくる。

ちなみに私はイカのぬいぐるみを「もう一人の俺」に見立てて「よしよし、いい子いい子」と抱きしめて撫でていた。このように、自己投影できるグッズを使うのもアリだ。

■ジョースター療法

ジョナサンの父、ジョースター卿の「逆に考えるんだ」というアレである。毒親育ちは「おまえはダメだ」と否定されて育つため「ワイはダメや」と自尊心が息してない状態になりがちだ。たとえば、私は「おまえみたいなガサツな女は結婚できない」と親によくディスられていた。たしかに私はガサツな性格だが、そのぶん夫が部屋を散らかしても気にならない。つまり「ガサツだから結婚できない」は「大らかだから夫婦円満」に言い換え可能なのだ。

また私は整理整頓や規則正しい生活が苦手で、ていねいに暮らせないことがコンプレックスだった。けれども夫に「ていねいな暮らしは狙撃されやすい」「部屋に障害物が少ないし、毎日決まった行動パターンだから敵に動きを読まれやすい」と言われて「ていねいな暮らしが苦手だから、狙撃されにくいのさ」と思えるようになった。

うちの夫はうんこを漏らしても褒めてくれる、アナル&ガッバーナな人物である。そのおかげで精神が安定したが、過去の自分が可哀想だったなと思う。自分が自分の親になったつもりで、自分を褒めてあげればよかった。

ジョースター療法で逆に褒めるトレーニングを続けると、思考のクセが変わってくるので試してほしい。

■寝起きほめほめ大作戦

これは田中圭一さんの著書『うつヌケ』で紹介されていた方法だ。

『朝起きぬけで意識がハッキリしない時って、顕在意識と潜在意識の境界があいまいになっているので、潜在意識に言葉がスッと入ってしまいやすいのさ』とのことで、寝起きに自分を褒める言葉を唱えることで、肯定的自己暗示ができるらしい。なにぶん寝起きなので「私最高……めっちゃ最高……」とカサカサの声しか出ないが、私も毎日続けるうちに「最高かもな？」という気分になってきた。

こちらもタダで簡単にできるので、試してほしい。

■WANTとMUSTの整理術

毒親育ちは親から「～すべき／～すべきじゃない」とプレッシャーをかけられて育つ。そのためMUST（～すべき／すべきじゃない）を優先して、WANT

（自分は～したい／したくない）がわからなくなりがちだ。また自分がしたいことや好きなことをするのに罪悪感を抱くようになったりもする。

ＷＡＮＴとＭＵＳＴがごっちゃになりがちな人は、整理するクセをつけよう。その際は「Don't think, feel.（考えるな、感じろ）」というブルース・リーの言葉を唱えよう。自分が心の底から「楽しい」「嬉しい」と感じることがＷＡＮＴである。しかし自分の感情を押し殺してきた人は、感じることが苦手になりがちだ。そんな場合は「もし親が死んだらどうしたい？何がしたい？」と考えるのも手である。

自分は本当は何がしたいのか？どう生きたいのか？がわからないと、迷子になって生きづらい。「親や周りの期待に応える〝いい子〟でいなきゃ」と刷り込まれていると、自分の人生を生きられない。毒親フレンズは「バッドガールになったるわい!!」ぐらいの心意気で、イマジナリーヌンチャクを振り回そう。

以上のライフハックを実践するうちに、私は「あれ？なんだか前よりも生きやすい」と気づいた。一朝一夕で変わるものじゃないので、焦らず気長に続けてほしい。

また私が生きやすくなった理由として、フェミニズムとの出会いがある。私はフェミニズムのおかげで、奪われた自尊心を取り戻すことができた。かつジェンダー視点から親の人生を理解できたことが、呪いの解放にもつながった。

というわけで次回は「毒親の呪いから解放されるまで　フェミニズム編」をお届けします。

4 毒親の呪いから解放されるまで
フェミニズム編（母の呪い）

「フェミニズムってなんだか難しそう」という方もいるかもしれないが、私は難しい文章は書けないので気楽に読んでほしい。また以下の話はほうぼうで書いているので、飽きている方は申し訳ない。でも初めて読む方もいると思うので書きます。

現在の私は45歳のJJ（熟女）である。前世のように遠い記憶だが、新入社員だった頃に田嶋陽子さんの本を読んだことが、私とフェミニズムとの出会いだ。当時の私は職場でハラスメントを受けても、自分が悪いと思っていた。「女は笑顔で愛想よく」「セクハラされても笑顔でかわせ」と呪いをかけられて、怒ることは悪いことだと思っていた。そうして怒りや痛みに蓋をしたまま、自尊心を奪われ続けて、不眠や過食嘔吐に苦しんでいた。

そんな私を救ったのがフェミニズムだった。

フェミニストの先輩方の本を読むうちに、自分を苦しめる呪いの正体がわかった。「私、怒ってよかったんだ」と気づいて「痛いんだよ、足をどけろよ！」と抗議できるようになった。押し殺していた感情を解放することで、人は生きやすくなるのだ。

かつジェンダー視点から親の人生を理解できたことが、呪いの解放にもつながった。私の母は23歳で専業主婦になり、40歳目前で夫から離婚されたのを機に、お酒に溺れて自傷行為をするようになった。当時中学生だった私は「お母さん、ちゃんと自分の足で立ってよ」と思っていた。でも大人になって「母は自分の足を奪われたんだ」と気づいた。1950年生まれの母には、結婚して夫に養われる以外の選択肢がなかった。つまり、自己決定権がなかったのだ。祖父母は子煩悩な親だったが、大正生まれの彼らに「経済的に自立できるように娘を育てる」なんて考えはもちろんなかった。

女に学問はいらない、結婚して子どもを産むのが女の幸せ。「早く娘を片付けないと、売れ残りになったら困る」と言われる女たちは、男に選ばれて買われる商品だった。そんな時代に生まれた母が「若くて美しい、商品として最高値のうちに金持ちと結婚しよう」と考えたのは、自然なことだったのだろう。それ以外の生き方のお手本など見たこともなかっただろうし。

金持ちのボンボンだった父は、わがままで気の強い美人の母に猛アタックしたそうだ。それでいざ結婚したら立場が逆転して、チヤホヤされるお姫様から召使いにさせられて、40歳目前でなんのキャリアもスキルもないまま放り出されて、そりゃ壊れるしかなかったんだろうな……と今では思う。

子どもの頃の私は専業主婦の母を見て「楽そうな人生送ってるな」と思っていた。でも実際は夫に生殺与奪を握られて、家という檻の中でタダ働きさせられる奴隷だったのだ。

男が支配する社会で、女は嫁にいくと家政婦・保育士・看護師・介護士・娼婦の五役をつとめなくてはならない。そんなの北島マヤでも「だが断る」と言うだろう。それらの仕事を外注すれば月何十万も払わなきゃいけないけど、妻にやらせればタダである。夫は妻に不払い労働させておきながら「誰が食わしてやってるんだ！」といばりちらす。おまけに世間からは「タダ飯食いの専業主婦」とディスられる。「こんなマルチタスクの奴隷、やってられるか!!」と檻を破壊したくなって当然である。

でも檻から出たら生きていけないから、母はいつも不機嫌でイライラしていたのだ。今ではそんな母を気の毒に思うが、もっと気の毒なのはその子どもである。母親は抑圧された怒りや苦しみを、弱い立場の子どもにぶつける。このままでは母か自分を殺してしまうと思った私は、18歳の時に家から逃げ出した。もしあのまま檻の中にいたら、「学習性無気力」になって逃げる気力すら奪われていたかもしれない。

サバイバル編で書いたように、私は広告会社を退職後に毒親と完全なる絶縁を果たした。29歳で夫と結婚した時も当然親には知らせなかった。

ところがどっこいしょういち（ＪＪ用語）、33歳の時、母の妹である叔母から連絡が入った。59歳になった母が拒食症で入院して、生きるか死ぬかの瀬戸際だという。ＩＣＵで管につながれた母は意識障害を起こしていて、私のことを「中曽根さん」と呼んだ。とっさに「やあ大統領、ロンと呼んでいいかな?」と中曽根さんらしく振る舞った私。私が誰かわからない母を見て「今の母なら愛せる」と思った。今の母なら私を傷つけないから。

その後、母の容体は回復していき、わがまま放題の通常運転に戻った。「入院して気づいたの」と言うので、感謝でも口にするのかなと思ったら「私、もっとみんなにお世話されたい」と言われて「信長みてえだな」と感心した。天上天下唯我独尊な母は第六天魔王になりたかったわけじゃなく、いつまでもチヤホヤされるお姫様でいたかったのだ。ある日、しわしわのミイラみたいな母が担当医師に「男の人を紹介して、お医者さんと結婚したいの」と訴えていた。それが母に会った最後になった。

退院から数ヵ月たった真冬の午後、一人暮らしの部屋で母の遺体が発見された。検死の結果、死因は心臓発作だった。退院後もろくに食事をとらずに痩せ細り、体が弱り切っていたのだろう。

母の部屋には壁一面、若いギャルが着るような服がかかっていて、そのホラーみに戦慄しながら「母はジェンダーの呪いに殺されたんだな」と思った。「若くて美しい女が男に選ばれてハッピーエンド」という呪いにかかったまま、死んでしまった女。その女は私だったかもしれない。私も1950年に生まれていれば、彼女のように足を奪われて、一人で立てない人間にされていたかもしれない。

母は結婚式のドレスを自分でデザインしたことを自慢していた。白無垢は自分には似合わないから断固拒否した、とも話していた。花嫁の白無垢には「相手の家の色に染まるように真っ白のまま嫁ぐ」という意味があり、角隠しには「怒りを象徴する角を隠すことで、従順でしとやかな妻となる」という意味があるそうだ。わがままで気の強い母は相手の色に染まれないし、自分の角も隠せない女だった。それは彼女に自我があったからで、自我はあるのに自立できない地獄を

生きていたのだろう。

私の自我の強さは母譲りなのかもしれない。違っているのは、私には選択肢があったことだ。そして「母みたいな女になりたくない」と思わなければ、私はフェミニズムに興味を持たなかったかもしれないし、物書きにもなってないかもしれない。

「だから親たちに感謝、YO!」なんて言う気はビタイチないが、反面教師としての実力はピカイチだった。こうしてジェンダー視点から母の人生を理解できたら、気持ちがスッキリした。フェミニズムはデトックス効果も高いのでおすすめだ。

フェミニズムとは、女性が自由に生き方を選べる社会を目指すものだ。おじいさんたちが言う「今は女の方が強い」とは「昔は殴られても文句言わなかったくせに、文句言うようになるなんて強くなったなお前」という意味である。また彼らの言う「昔は良かったな〜」とは「昔は女を家に閉じこめてタダ働きさせられて良かったな。経済力を奪えば殴っても浮気しても文句言われないし、家父長制サイコー！ＹＯ！」という意味である。

彼らにとって良かった時代に戻りたい女性はいないだろう。女にとって今も日本はヘルジャパンだが、その頃より多少はマシなヘルである。それは「私の主人は私だ！」「女にも人権をよこせ！」と戦ってくれた先輩たちのおかげである。だから私は「オッス、おらフェミニスト！」と胸を張ることにした。

拙著『**フェミニズムに出会って長生きしたくなった**』には、田嶋陽子さんとの対談が収録されている。その中から一部を抜粋する。

アル：先生の言葉で大好きなのが「フェミニズムなんて言葉を知らない人でも、フェミニズムの生き方をしている人もいる。勉強した長さじゃないの。その人がどうありたいかなの。だからフェミニズムで人を差別しちゃいけないし、されてもいけない」。

田嶋：そのとおりよ。社会の片隅にひっそり暮らすおばあちゃんがね、まったきフェミニストだったりすることがあるわけよ。それは教えられなくても人間が生まれながらに持っている人権意識を生きた結果だよね。

アル：私は大学で女性学とか学んだわけじゃないし……と思ってたけど、フェミニズムって生き方なんだと思いました。

田嶋：勉強も大事だけれど、自分を見つめる力だよね。だって人から与えられた思想を生きるってことは、そうすべきだとか、自分をそこに合わせることでしょ？ それは違うんだよね。私は失った自分を取り戻したくて一生懸命生きてきた、書いてきた、考えてきたと思う。

対談当日は田嶋さんに会った瞬間、感極まって泣くというJJ仕草を見せつけた。私にとってフェミニズムは、生きるための心の杖だった。バッシングに負けず戦ってくれた先輩たちに感謝して、そのバトンをつなぎたいと思っている。

ちなみに、実物の田嶋さんは太陽神のように後光がさしていた。「冥土の土産にしよう……」と合掌しながら「だが冥土に行くのはまだ先だ、私も一生懸命生きて書いて考えよう」と決意を新たにした。

そんなわけで、次回はジェンダーの呪いに殺された父の話を書きます。

5 毒親の呪いから解放されるまで
フェミニズム編（父の呪い）

私の父は69歳の時に飛び降り自殺をして亡くなった。当時、刑事さんから電話で「お父さんの部屋に遺書が残されていました」と言われて「三年は影武者を立てろと書いてますか？」とボケそうになったが、不適切なのでやめておいた。私も分別のある大人になった。

遺体の確認のため警察署に行った時には、冷たい雨が降っていた。窓をつたう雨粒を眺めながら「なぜ父は自殺したのかな……」と呟くと、夫に「１９８５年に政府がプラザ合意に同意したせいだろう」と返された。「それで日本は円高になってバブル景気が起こり、やがて崩壊した。お父さんはその煽りを食らったんだろう」。

その後、事情聴取で刑事さんに「なぜお父さんは自殺したんだと思いますか？」と聞かれて「プラザ合意のせいだと思う」と返しそうになったが、やめておいた。私も分別のある大人に（略）。

この時に衝撃を受けたのは、担当の刑事二人組がどちゃくそにイケメンだったことだ。乙女ゲーの世界にワープした？ と汗ばみながら、心の中で「韓流デカ」「ジャニーズデカ」と名付けた。事情聴取する韓流デカの眼光が鋭くて、うっかり何かを自白しそうになったが、父を殺したのは私ではない。

父は男らしさの呪いに殺されたのだと思う。

父は会社経営に失敗して、多額の借金を抱えていた。父の死後、5千万の借金が出てきて爆死しそうになった……という話は拙著『**離婚しそうな私が結婚を続けている29の理由**』に綴っているので、よろしくどうぞ。

葬式の後、父の元部下の男性が「社長は誰よりも強い男でした……」と話すのを聞いて「だから父は死んだのかもな」と思った。「男は強くあるべき」という呪いのせいで、他人に弱音を吐いたり、助けを求めたりできなかったのだろう。

また「失敗を認められない」という呪いもあったと思う。「それ間違ってますよ」と指摘された時に「俺は間違ってない！」と逆ギレするおじいさんは多い。男はくよくよするな！　過去を振り返るな！　前だけ見て進め！　系のマッチョイズムが染みついているため、自分の間違いを認めて反省することができない、だから永遠に変われない、そんな男性は多いんじゃないか。

父も会社経営に失敗したことを認められなかったのだろう。私が「借金が膨らむ一方だし商売はもうやめてくれ」と頼んでも、父は聞く耳を持たなかった。そして私に金を無心するたび「次の勝負で巻き返す！」とパチンカスみたいな発言をしていた。

「男社会の競争から降りられない」という呪いもあったと思う。

元部下の男性いわく、父は死ぬ直前まで「商売がしたい」「商売ができないのがつらい」と繰り返していたそうだ。かつての父は「社長仲間が会社を畳んで、駅前で警備員として働く姿を見かけた。俺はあんな情けないことは死んでもしたくない」とよく言っていた。子どもに借金するよりよっぽど立派だろうが！ぶっ殺すぞ！と言いたいが、相手はもう死んでいる。

「ブッ殺すと心の中で思ったならッ！その時スデに行動は終わっているんだッ！」とプロシュート兄貴も言っている。父は家族を犠牲にしても競争から降りたくなかったし、勝負を諦めたくなかったのだ。本人はそれを男のプライドと思っていたのだろうが、そんなのは鼻クソよりもくだらない見栄である。

「男は稼いでナンボ」「男の価値は金と地位」という呪いも強力だったのだろう。

家庭に無関心な仕事人間は昭和のお父さんあるあるだ。元部下の男性は「僕は社長に育ててもらいました。社長は厳しかったけど、愛情深い優しい人でした、社長がいなければ今の僕はないです」と号泣していた。それを聞いて「父親役をやりたきゃ家でやれよ、娘から金を奪ってイキってんじゃねえよ、猿山の大将になりたかっただけだろうが」と言いたかったが、やめておいた。私も分別のある

大人に（略）。
その話をJJ（熟女）会でしたら「わかる！　うちの父の葬式でも部下の男性たちは号泣してたけど、家ではモラハラ暴君だったから、家族はみんな冷めてたわ」と膝パーカッションで地面が揺れた。
うちの暴君も仕事より家族を大事にしていれば、親子関係は壊れなかった。私も父から愛情をもらっていれば、絶縁することもなかった。私は父が死んでも泣けなかった、だってもらってないものは返せないから。
「セルフケアができない」という呪い

も、父を追いつめたのだと思う。

母が遺体で発見された部屋は壁一面にギャル服がかかっていたが、父の部屋はゴミ屋敷だったそうだ。「そうだ」と伝聞形なのは、私は父の部屋を見ていないから。父の部屋を見たらトラウマになると思ったので、韓流デカに「捜査のためにアパートを調べたいので、娘さんに立ち会いをお願いしたい」と言われた時に「いやだっぴ☆」と断った。

部屋の立ち会いは拒否することもできるので、親が遺体で発見された時のライフハックとして役立ててほしい。

あとから聞いた話によると、父のアパートはゴミだらけで足の踏み場もなかったそうだ。おまけに風呂もトイレも壊れていたという。その話を聞いて「父はもう生活を投げ出していたんだな」と思った。お金がなくても快適に暮らす工夫をしている人はいる。一方、父はお世話係の女がいないとダメなおじいさんだったのだろう。

独居の高齢男性がセルフネグレクトの末に孤独死する話はあるあるだ。自分で自分の世話ができないと人生詰む。また仕事を辞めて人とのつながりがなくなり、孤独になるおじいさんもあるあるだ。滅私奉公で働いてきた人ほど友達も趣味も生きがいもなく、抜け殻になってしまう。

羽振りがよかった頃の父は仕事仲間と毎晩飲み歩いていたが、それは単なる仕事仲間であって、本音や弱音を話せる友達ではなかったのだろう。1950年生まれの父も、男社会の被害者なのだと思う。男は泣くな、弱音を吐くな、男は黙ってサッポロビール、と呪いをかけられて育ったのだろう。

父に呪いをかけたのは私じゃないので、私が犠牲になるのはお門違いだ。ただ次世代の男の子たちはジェンダーの呪いに苦しんでほしくない。

「男は泣くな」「弱音を吐くな」と言われると、子どもは自分の傷つきや苦しみを認められなくなる。感情を抑え込むようになり、感情を言葉にできなくなってしまう。自分で自分の感情がわからないと、他人の感情もわからない。自分の感情を言語化できないと、他人と理解・共感し合い、深いつながりを築くことも難しい。

また自分の弱さを認められないと、他人に助けを求められなくなる。弱さを否定してウィークネス・フォビア（弱さ嫌悪）に陥ると、他人に優しくできなくなる。

会社員時代の飲み会で、落ち込んでいる後輩男子に先輩が「くよくよするな、飲め！」と酒を注いだり「パーッと風俗でも行くか！」と誘う場面をよく見かけた。まずは大人がジェンダーの呪いを手放し、男らしさのプレッシャーから解放されてほしい。男同士で感情ケアし合う姿を見せてほしい。

まずは男性自身が生きやすくなって、男の子たちにお手本を示してほしい。そのためにフェミニズムを役立ててほしいと思う。フェミニズムが目指すのは、男らしさ／女らしさに縛られず、全ての人が自分らしく自由に生きられる社会だ。無理に強くならなくていい、勝ち組にならなくていい、弱いままでも尊重されて幸せになれる社会だ。私がフェミニズムに出会って救われたように、救われる男性も多いと思う。イメージだけで毛嫌いするのはもったいないよ。

ＪＪ（熟女）は若い子がみんな自分の産んだ子に見えるお年頃。男の子も女の子も守りたいし、腕白じゃなくてもいい、たくましくなくてもいい、みんな幸せになってほしい。

「最近の若い奴は繊細すぎる」とか説教する年寄りがいたら無視してほしい。なんなら脳内で殴り倒してもオッケーだ。男も女も繊細でいいし、傷ついていいし、泣いていいし、弱くてもいい。自分の弱い部分を認められて、助けを求められることが強さなのだ。この強さとは人に勝つための強さじゃなく、生きる力としての強さなのだ。「アルさんはいろんな困難を乗り越えて強いですね」とよく言われるが、私が乗り越えられたのは強いからじゃなく、本音や弱音を話せる友達がいたからだ。

あとはナチュラルにふざけているからだ。本人的には真面目にしてても「ふざけてますか？」と聞かれる私は、父の葬式でも「また死人が出たらお願いします」と葬儀屋さんに挨拶するなど、不謹慎さを見せつけた。そして棺桶で眠る父に向かって「お疲れさん、死ぬほどの苦しみから解放されてよかったね」「もし転生とかあるなら、次回は幸せになってね」と心の中で話しかけた。

そんな言葉をかけたのは、父が69歳でさくっと死んでくれたからだ。これがもし認知症になって施設に入って96歳まで生きてその費用を私が負担してとかだったら、そんなふうには言えなかった。「早く死なねえかな」と親の死を願って生きるのはストレスだ。そのストレスを娘に与えなかったことは、父の唯一の子孝行だと思う。

そんな父の死を無駄にしたくない、とか1ミリも思ってないけど、このコラムを読んで「男らしさ／女らしさに縛られるのはもうやーんぴ☆」と思ってくれる人がいたら嬉しい。

そしたら父も心置きなく成仏して、スライムや悪役令嬢に転生できるだろう。

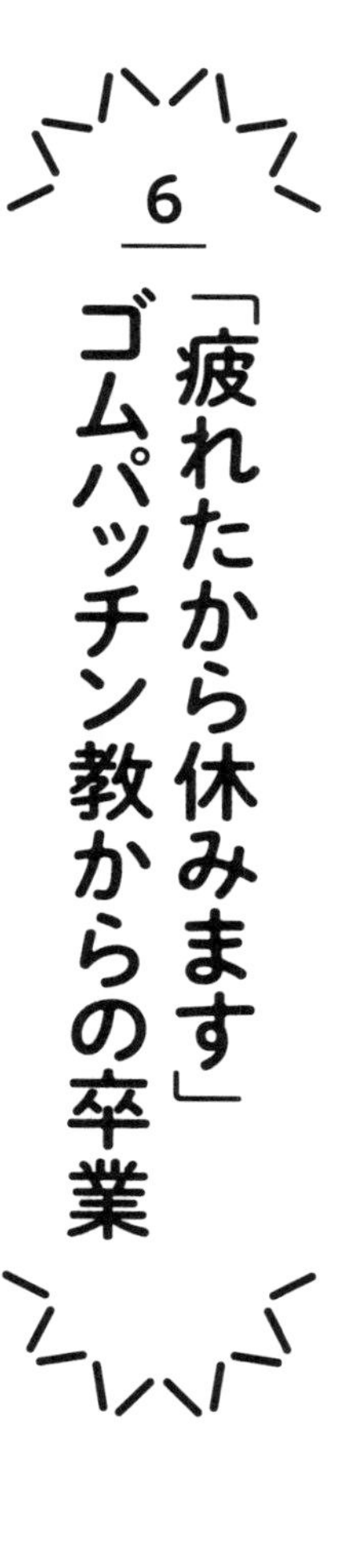

6 「疲れたから休みます」ゴムパッチン教からの卒業

当連載のオファーをいただいた時「受けたいです、でもしんどい時は休みたいです」と編集者に伝えたら「ぜひ！ 私もしんどい時は休めるサイトにしたいんです」と言ってもらった。だったら連載が増えてもイケるかなと思って、今こうしてコラムを書いている。

3年前に『**40歳を過ぎたら生きるのがラクになった**』という本を出した。私が40歳を過ぎて生きやすくなったのは、無理をしなくなったからだ。JJ（熟女）は無理が死に直結するお年頃。疲れた時は無理せず休むことで、サスティナブルな働き方が実現する。

振り返ると、20代は整体やマッサージに課金しても疲れがとれなかった。むしろ45歳の今の方が元気はつらつなのは「疲れることをしなければ、疲れない」という真理に気づいたからだ。

そんなの当たり前田のクラッカーだが、20代の私はやばたにえんの麻婆春雨な働き方をしていた。新卒で入社した広告会社は「仕事のために心臓を捧げよ！」みたいな職場で、ポンコツ社員だった私は「なんの成果も得られませんでした……!!」と号泣する日々だった。ストレスと激務にセクハラとパワハラの地獄乗っけ盛り定食で「もう死んじゃおっかな」と会社のトイレで泣いたことを覚えている。今でも当時の悪夢を見ては、汗びっしょりで目が覚める。「終わらない悪夢を見てるようだったよ……」と震えるユミルちゃんの肩を抱いて飲みに行きたい。

もう無理ぽ、と28歳の時に会社を辞めて無職になった。

その後いろいろあって物書きになったが、コラムの仕事だけでは食えなかったので、ゲームのシナリオを書く仕事をしていた。30代はシナリオを大量生産していて、2ヵ月ぐらいカンヅメ状態で執筆することもあった。その時に好奇心から体毛をそらずにいたら、山賊みたいなボディになった。毛の育成は楽しかったけど、当時は「こんな締め切りに追われる生活はイヤだ……余裕が欲しい……」とさめざめ泣いたりしていた。

あれだけ働いたおかげで貯金もできたし、推し声優さんと仕事もできたし、後悔はしていない。

でも40歳になる前にゲームの仕事を全部やめた。「もし今、余命宣告されたら？」と想像した時に「あんなに仕事ばっかりするんじゃなかった」と後悔すると思ったから。そして、ゴムパッチン教から卒業しようと決めたのだ。

かつての私は電撃ネットワークのゴムパッチンみたいに、限界ギリギリまでがんばらないと自分を許せなかった。ゴムパッチン教に入信してしまうのは、いろんな理由があると思う。

私の場合は18歳から自活してきたので「金を稼がなければ死」という恐怖心が強かった。広告会社でバリキャリになれなかった劣等感もあっただろう。

「周囲の期待に応えなければ、というプレッシャーが強い」

「自分さえがんばればいいんだ、という自己犠牲精神がヤバい」

「楽することに罪悪感を感じてしまって、自分を大切にできない」

等など、人それぞれ理由があるし、もちろんがんばることは悪くない。働き方は人それぞれで、フルスロットルでがんばるのが向いてる人もいる。ただ私には向いてなかったし、限界ギリギリまでがんばるんじゃなく、余裕のある生活をしたかった。友達と会ったり本を読んだり、のんびり鼻歌を歌ったりしたかった。


ゲームの仕事をやめてしばらくは罪悪感や居心地の悪さを感じたけど、あっという間に慣れた。痩せるのは大変だけど太るのは楽ちん、みたいなものか。そして「あんな働き方は二度とできねえ、フンガフンガフーン♪」と鼻歌を歌っている。

ちなみにゲームの仕事をやめたら、もともと書きたかった女性向けのコラムの

依頼が増えたので、人生とは珍奇なり。

「がんばらないこと」が苦手な日本人は多いんじゃないか。

子どもの頃から「我慢！　忍耐！　努力！」と教育されて「もう無理ぽ」と言えない、理不尽な校則を押しつけられて「人権侵害だ！」と怒れない、それで限界までがんばり続けてぶっ壊れてしまう、そういう人は多いと感じる。

人は長期間ストレスにさらされ続けると、逃げる気力すら奪われる「学習性無気力」になってしまう。

私は「置かれた場所で咲きなさい」という言葉が嫌いだ。置かれた場所がドブだと永遠にドブから抜け出せないし、自分に合った場所を見つけるチャンスも逃してしまう。それに自分が我慢していると「おまえも我慢しろ」と他人にも厳しくなる。「本人の努力不足」と自己責任教を刷り込まれると、政治や社会の問題にも気づけない。「置かれた場所で咲きなさい」は、都合のいい奴隷を作るための呪文なんじゃないか。

私自身は、我慢がきかない性格に救われた。もし我慢強い性格だったら、広告会社というドブにスケキヨポーズで沈んでいっただろう。

当時は転職活動する元気もなかったので、ノープランで退職して無職になった。「自分はそんな勇気がない」という人もいるが、私はべつに勇気もないし、やる気も根気も五ツ木のセレットもない。言葉の意味がわからない人は西日本出身の年寄りに聞いてほしい。

私は単に向こう見ずな性格なのだ。だからビッチになってやりまくったとも言える。精神医学の本によると、人には慎重派と冒険派がいて、これは生まれつきの性格が大きいそうだ。慎重派は石橋を叩いて渡るため、失敗するリスクは低いけど、チャンスを逃すこともある。冒険派は石橋をろくに見ずに突っ走るため、怪我しがちではあるが、予想外のチャンスをつかめたりもする。

どちらもメリットデメリットがあって、人類の存続には多様性が必要なのだ。いきなり壮大な話になったが、名作『7SEEDS』もそんなテーマを描いていて、優秀な人ばかりのチームは自滅すると……と語り出すと三日三晩止まらないので、また今度。

「あんなに仕事ばっかりするんじゃなかった」

これは余命宣告された日本人が言う台詞ナンバーワンだ、と聞いたことがある。イタリア人は「もっと食べて歌って恋をすればよかった」と言うのだろうか。イタリア人のことは知らんけど、私はゴムパッチン教から卒業して生きやすくなった。また、仕事人間だった父が自殺した時に「仕事だけを生きがいにすると人生詰むな」と実感した。

バブル期に「24時間戦えますか? ジャパニーズビジネスマン」というCMが

流行ったが、その話を若い人にすると「24時間働いてる間に誰が家事や育児をするんですか？」「そんなブラックな会社ヤバいでしょ、そりゃ過労死しますよ」との感想だった。おっしゃる通りだし、若い人が離れていく会社に未来はない。

「日本で子育てするのは無理ぽ」と子どもが2歳の時にスウェーデンに移住した、友人の久山葉子さんが著書『スウェーデンの保育園に待機児童はいない』で次のように書いている。

『スウェーデンに移住してきていちばん感動したのは、「とにかくいろいろな面で楽になった！」ということだ。（略）スウェーデンには、無理なく共働きで子育てできる枠組みがあった』『例えば、残業がなくて四時から五時には退社できることだ。（略）スウェーデンだと、サービス残業などしようものなら、むしろ同僚たちから反感を買ってしまう。定時内に終えられないほどの仕事があるというのは、会社や上司の采配が悪いということだ』『夫婦とも職場に対して「子育て中で申し訳ない」と思うことがなくなったことだ。（略）スウェーデンでは男女とも育児休業をとるし、子どもが病気になったら休むので』

ご存知のように、北欧はジェンダー平等が進んでいて、子育て支援策も充実している。老若男女が無理なく暮らせる社会、全ての人の人権が大切にされる社会では、国民の幸福度が高く、少子化対策も成功している。これを読んだ日本人は「マリネラみたいに架空の国なんじゃ?」と思うだろう。ちなみに、久山さんからスウェーデンでは休憩中にみんなリンゴを丸かじりしていると聞いて、歯茎から血が出るんじゃ? と心配になった。

フランスで働いていた友人も「フランス人の上司は『ペットの犬の調子が悪いから』みたいな理由で堂々と休む」と話していた。「ゆるすぎるんじゃ? と思ったけど、そうやって上司が休んでくれるから、自分も休めることに気づいた」とのこと。

欧米には生理休暇がないそうだが、それは生理だろうが下痢だろうが風邪だろうが、体調が悪い時はみんな休むからだそうだ(ちなみに日本の生理休暇の取得率は1%以下で、制度はあってもほとんど使われていない)。

コロナ禍で唯一よかったことがあるとすれば、「風邪ぐらいで休むな」から「風邪の時は休もう」という風潮に変わったことだろう。某風邪薬のCMコピーも「風邪でも絶対に休めないあなたへ」から「今すぐ治したいつらい風邪に」に変更されている。

また、いまだに「鬱は甘え」とか抜かすボケナスもいるものの、甘えられない人、つらいと言えないがんばりやさんが鬱になることも認知されてきた。つらい、しんどいと言えない日本人が多いからこそ、「しんどい時は休もう」と声を上げていきたい。

親交のある、せやろがいおじさんが動画の中で「しんどいことやったら長続きしないので、明日は配信を休みます」と話していて、いいなと思った。

ワラしがみ「衆院選直前！ 知っておきたい『票ハラスメント』とは」〔2021年10月18日〕
https://youtu.be/mBadzIZ0WXA

私は34歳の彼のことを「せやろがい青年」と呼んでいる。一回り年上の私はオロナミンCがなくても元気はつらつだが、若い頃に比べて体力はなくなった。立ち上がる時は「ヨッコイショー!」と祭りのような声が出るし、「ラッセーラー!」と気合を入れないと階段を登れない。

でも体力がなくなるのは悪いことばかりではない。JJ仲間たちは「20代は無駄に体力があったから、無理な働き方をしてたんだと思う」「今は体力がないからちゃんと休むようになったし、そのぶん効率的に仕事するようになった」と話している。

ちなみに私は性欲も激減して、ビッチだった日々は遠い日の花火である。

JJ仲間に「性欲が枯れ果てて、うどん粉病かな?と思う」と話したら「うどん粉病は白いカビでは?」「葉を枯らすのは、かっぱん病では?」と返してくれた。

年寄りしかわからないCMの話で盛り上がるのはJJあるあるだ。カダンカダンカダン♪と鼻歌を歌う40代の私から、20代の私に伝えたい。

たまに歯茎から血が出るけど、私は元気です。

今はトイレで「もう死んじゃおっかな」と泣いてるかもしれないけど、まだ死なないで。

未来の私は予想外に生きやすくなってるから、安心して年をとってくださいね。

7
友達の作り方
〜ゴリラ型で生きたい人へ〜

「アルさんはいろんな困難を乗り越えて強いですね」と言われるが、私はまったく強い人間ではない。ドラゴンボールでいうとウーロン並みによわよわである。パンティ好きの豚レベルに弱くても生きてこられたのは、本音や弱音を話せる友達がいたからだ。

自分は一人じゃ生きていけない人間だと自覚していたからこそ、友達を作る努力をしてきた。大学時代は「私って友達がいないいな」とめそめそ泣いたりしたが、40代の今は友人に恵まれていると思う。毒親育ちでも、頼れる友達がいればなんとかなる。そう実感している立場から「友達作りのコツ」について書きたい。

「就職、結婚、出産などでライフステージが変わったり、価値観がすれ違ってしまったりして、友人と疎遠になることが多い。どうすれば友人関係をキープできますか？　また、大人になってから友達は作れますか？」
読者の方からこんな相談をよくいただく。同じように悩む人は多いんだなと思う。

友達は季節に咲く花のようなもの。

これは作家の深沢七郎氏の言葉である。花が散ることもあれば咲くこともあるように、友人と距離が近づくこともあれば疎遠になることもある。疎遠になる友人がいるのは寂しいけど、しかたないと思う。時間とともに状況や価値観は変わっていくから。
「あたしたち、腹心の友ね！」と誓い合ってズッ友でいられるのは素晴らしいけど、友情が終わることもあれば、一度途絶えた友情が復活することもある。結局は「そのときどきの自分」に合う人が残るのだろう。

私にとって友達とは「自分が好きで、会いたいと思う人」だ。付き合いの長さや会う頻度は関係なくて、たとえ数年に一度しか会わなくても、自分が「好きだな、会いたいな」と思う人が友達だと思っている。

自分でも忘れているが、拙者は一応恋愛コラムニストでもあって「モテよりマッチング」と提唱してきた。これはパートナーも友達も同じである。「みんなに好かれたい」「誰にも嫌われたくない」と思っていると、自分を削って無理に相手に合わせることになってしんどい。

おまけに厄介な人を引き寄せて、妖怪ホイホイになってしまったりもする。よって、友達作りでも「自分が相手を好きか？　一緒にいて居心地がいいか？」を意識しよう。この人のこと好きだな、一緒にいて居心地がいいな……と思う人と仲良くして、そうじゃない人とは一定の距離を置く、これが快適な人間関係を築くコツである。この人といると削られるけど腐れ縁で切れなくて……という相手とは、いったん距離を置いてみよう。

その場合は「忙しくてさー実質1時間しか寝てないからつれーわー」と地獄の

ミサワ返しがおすすめだ。すると相手の方が「うぜーわー」と距離を置いてくれる可能性が高い。

腐れ縁を断ち切れば、新たな縁が生まれる。新しい友達を作ろう！という気運も高まる。気の合う新しい友達ができれば、終わってしまった友情に対する未練も薄れる。この点も恋愛と同じである。


では友達作りの一番のコツは？というと「自分から誘うこと」である。

友達が多い人は魅力的な人とか面白い人とか思われがちだが、実際は自分から誘う人なのだ。というのも、日本人は「誘われ待ち」の人が多いから。

自分からは誘わないけど誘われたら行くという人が多数派なので、私も9割は自分から誘っている。たまにはそっちから誘ってくれよと思うけど、友人たちは「アルが誘ってくれるからありがたいわ〜」と言っているので、自分は誘うという宿星のもとに生まれたのだと割り切っている。

なので友達を作りたい人は自分からジャンジャン誘おう。断られたらどうしよ

う、迷惑がられたらどうしよう……と最初は身構えてしまうけど、ジャンジャン誘っているうちに慣れていく。

誘う時はあれこれ考えずに「ごはん行かない？」「女子会しない？」「ZOOM飲みしない？」とさくっと気軽に誘う方が、相手も気軽にオッケーしやすい。私は一対一で誘うこともあるが、複数に声をかけることの方が多い。LINEやFacebookでグループを作って「ごはん行かない？」と呼びかけると、大体一人や二人ぐらいは来てくれる。

また、季節のイベントを企画するの

もおすすめだ。

大がかりなものじゃなく、クリスマスにケーキを食べるとか、バレンタインにチョコを持ち寄るとか、ひな祭りに甘酒や桜餅を楽しむとか……糖尿病になりそうだが、イベントを企画すると定期的に集まるキッカケになる。

私はキリスト教の女子校出身なので、同級生たちと毎年クリスマスに讃美歌を歌う会を企画している。乾燥しがちなお年頃なので、みんな歌う前は唇が裂けないようにリップを塗りまくり、イエスの誕生を祝う歌を合唱しながら、酸欠で息も絶え絶えになっている。

45歳になると子育ても一段落して、また集まれるようになる友人も多い。ついこの間まで乳飲み子だったのにもう中学生か！ と他人の子の成長の早さにびっくりする。既婚未婚子持ち子なしを問わず、硝子の中年時代は「健康」がホットトピックになるお年頃。私も友人たちと「産後に頻尿と尿漏れがヤバくなった」「わかる！ 私も子ども産んでから朝までもたない」「私は子ども産んでないけど朝までもたないよ、あと尿漏れもする」「マジで？」とキャッキャウフフしている。尿漏れする年になっても友達は作れるし、大人になってからの方が価値観の合う友達を作りやすい。
学校や職場で「さあ仲良くなれ」と言われても無理ゲーだろう。いろんな価値観の人がごちゃ混ぜの空間で合わない人がいるのは当然であり、無理に友達になる必要はない。価値観の合う友達が欲しければ、自分に合いそうな人がいる場所を探そう。

「俺たちにはインターネットがあるッ!!」

とジョジョっぽく表現したが、私も周りも最近はネット経由で友達を作っている。ネットやSNSで同じ趣味や興味を持つ人とつながれるコミュニティやイベントを探してみよう。
たとえばツイッターで同じジャンルや作品を好きな人とか、フェミニズムに興味のある人とつながって、リプやDMのやりとりをして仲良くなった、といった話もよく聞く。ツイートを読んでいけば相手の価値観がわかるし、オンラインなら人見知りでも話しやすいし、利害関係がないので本音を話しやすい、といった声もよく耳にする。

女性が安心して本音を話せる場所を作りたいと思って、私は「アルテイシアの大人の女子校」という読者コミュニティを始めた。メンバー同士とても仲が良いのは、私の文章を好きになってくれた人たちなので、価値観が合うからだと思う。
「周りの人には話しづらい、毒親や政治やフェミニズムやセクシャリティの話ができる」「安心して悩みや弱音を話せるし、みんなが理解共感してくれるので癒やされる」そんな声がメンバーから寄せられる。
コロナ禍前は芋ほりやシイタケ狩り遠足に出かけたりしたが、状況が落ち着いたらまた修学旅行もしたいね、と話している。ハイキング部も発足したので、山登りで足を鍛えて死ぬまで歩けるおばあさんを目指したい。ついでに骨盤底筋を鍛えて尿漏れを防ぎたい。

いまや人生百年時代と言われて、日本人の寿命はゾウガメ並みに延びている。

45歳でもまだ半周いってないのかとぞっとするが、寿命は自分では選べない。もし百歳まで生きるとしたら、死ぬのは2075年である。2075年なんてSFやないか。その頃、前澤さんは火星に住んでいるかもしれない。

ちなみに若者の間では「2000年代生まれ」「1000年代生まれ」という区分があるらしいが、それだと源頼朝とかも同じグループになるし、幅が広すぎやしないか。

ハーバード大学の研究によると、80歳の時に健康な人に共通するのは、50歳の時点で良き友人がいることなんだとか。まあそうだよな、ヒトは群れで生きる生き物だもんな……と霊長類について調べてみると、ゴリラやチンパンジーなど霊長類の多くは群れで生活しているが、群れを作らずに単独生活している霊長類もいて、その代表がオランウータンだそうだ。

「来世は悪役令嬢よりもオランウータンに転生したい」という人もいるだろう。人付き合いが苦手な人もいるし、人には向き不向きがある。人間は多様でカラフルで、だから面白いのだ。

また前回も書いたように、人類の存続には多様性が必要なのだ。みなさんも傑作漫画『7SEEDS』を読んでみてね。私はあれを読んだおかげで「コロナなどなんぼのものか、絶対に生き延びてやる」と思えた。トイレットペーパーの代用になるような、尻を拭く草を栽培しようかとも考えた。

柔らかい葉っぱをよく揉んで使えば……と尻を拭く話はおいといて、孤独に弱い私はオランウータンにはなれない。一人でも生きていける完全生命体タイプに憧れるが、私はゴリラ型でいくしかない。おばあさんになっても女友達とキャッキャウフフしたいし、老後は女だけのデンデラで暮らしたい。みんなでドッと笑った瞬間ドッと尿漏れしながら、支え合っていきたいと思う。

8 私たちに「親ガチャ」が必要な理由

以前から、私は毒親の文脈で「親ガチャ」という言葉を書いてきた。それが最近では「親の経済力のせいにする子ども」みたいな文脈で使われることが多くてモヤる。

親ガチャは「親に愛されないのは自分のせいだ」と自責する毒親育ちが「たまたま運が悪かった」と思えるために必要な言葉なのだから、奪わないでほしい。という趣旨のツイートをしたら、たくさんの共感の声が寄せられた。

「親は子どもを愛して当然、愛されないのは自分が悪い、と思っていたけど、親ガチャという言葉で『運が悪かっただけ、子どもには責任がない』と思えて救われた」。そんな切実な声に膝パーカッションするフレンズは多いだろう。

「毒親ポルノ」という言葉に救われた、という感想もよくいただく。

第一回に書いたが、私は毒親を許して和解する系のお涙頂戴コンテンツを「毒親ポルノ」と呼んでいる。どんなにひどい親でも、子どもは「親を愛せない自分はひどい人間じゃないか」と罪悪感に苦しむ。そのうえ世間や周りから「子を愛さない親はいない」「親を嫌うなんておかしい」「許して和解すべきだ」と圧をかけられ、何重にも苦しめられる。毒親に苦しむ子どもを「感動」の道具として利用するな、こっちは生身の人間なんやぞ。

私が一番ゲー吐きそうになるのが「余命わずかな毒親と最期に和解して感動エンド」みたいな作品だ。その手の毒親ポルノが「親を見捨てる自分は間違っている」と毒親育ちを追いつめる。なにより、当事者からするとバチクソに嘘くさい。

余命わずかな毒親に「すまなかった、許しておくれ……」と手を握られても、許せるわけないだろう。「ふざけるな！　それっぽっちの謝罪でチャラになると思うな！　私が受けてきた傷や苦しみはどうなる！　てめえの人生を都合よく美談で締めくくろうとするな！ それも自己満足の懺悔だろう！ そういうとこやぞ！」とバチギレたいが、死にかけの年寄りにキレたらこっちが悪者になる。おまけに周りから「死にかけの親が謝ってるのに許さないなんてひどい」と責められたら、点滴にレッドブルとか混ぜてしまう。

実際、毒親フレンズ同士で「親の介護は死んでもしない、弱ってる今がチャンス！ と殺してしまうから」「わかる！」と膝パーカッションしている。私は「敵は己の罪悪感」を標語にして、毒親のもとから逃げ出した。逃げなければ、親か自分を殺してしまうと思ったから。逃げるが勝ちで逃げまくって、親が死んだ時にはホッとした。

世間は「逃げちゃダメだ、向き合わなきゃ」「じゃないと親が死んだ後に後悔するよ」と脅してくるが、私は親が死んでも後悔なんてしなかった。むしろもっと早く絶縁すればよかったと後悔している。そしたら借金も背負わされずにすんだのに。

親が死ぬ前に会っておけばよかった、と悔やんだことも一度もない。むしろ会わなかったことで自分を守れたと思う。みんなモンスターに追われたら逃げるだろう、追われたことのないラッキーな人が無責任なこと言わないでほしい。世界はそれを余計なお世話と言うんだぜ。

子ども自身が会いたくないと思うなら会わなくていいし、それを決める権利があるのは本人だけだ。毒親育ちは親から「自分の感情」を無視されて否定されて育っている。だから自分だけは「会いたくない」「会うのがつらい」という感情を尊重してほしい。

父親が自殺する数年前に病気で入院していた時、病院に行くべきか迷った。そんな私に友人たちは「行かなくていい」と言ってくれた。

「アルが決めることだけど、本音は会いたくないんでしょ？」

「あのお父さんのことだから、またつけこまれて搾取されそうだし」

「このまま相手が死ぬまで逃げ切る方がいいんじゃない？」

父親を介護して看取ったばかりの友人は「介護とかめっちゃ大変だし、あのお父さんにそんなことしてやる義理ないし。一回会ってヘタに情が湧いてもアレだ

し、無視した方がいいと思う」と言ってくれた。

もしあそこで「親子なんだから」「会わないと後悔するよ」とか言われたら、友達にもわかってもらえない……と絶望したと思う。

親ガチャがハズレでも、わかってくれる友達がいれば何とかなる。そして前回書いたように、友達はいくつになっても作れる。ネットの毒親コミュニティでフレンズを見つけるのもおすすめだ。

10代の私は毒親のことを誰にも話せなかったけど、40代の私にはなんでも話せる味方がいる。だから今の私はもう十分幸せなのだ。今の自分を幸せだと思えたら、毒親育ちでもだいじょーVである。

そんなわけで愉快なJJ（熟女）ライフを送っているが、たまに古傷が疼くこともある。私の場合、古傷えぐられナンバーワンは「親子の笑い話」である。

SNSで親のほっこり笑えるエピソード等を見た時は「………」とゴルゴ顔になって無言でそっ閉じしてしまう。というのも「毒親のことを笑い話にして話す」のは毒親育ちあるあるだから。

中高時代の私は「うちのお母さん、天然なんだよ（笑）」「うちのお父さん、変わっててさ～（笑）」と友達に話していた。子どもは自分の親をひどい親だと認めたくない。それを認めてしまうと生きていけないから、無理やり笑って「ネタ」にしようとする。屈託なく親子の笑い話をする人を見ると、そんな子ども時代の自分と比べてしまう。必死で生き延びようとしていた少女が可哀想で、涙が出てしまうのだ。

だからってそんな話するなとは思わないし、もちろん責める気もない。ただ、無言でそっ閉じする権利はあるだろう。見たくないものを見ないために、ミュートしたっていいだろう。だって私たちはさんざん傷ついてきたんだから。

親ガチャでハズレを引いた人間は、アタリを引いた人に対して、脳内ガールズバンド（ねたみ・うらみ・つらみ・そねみ）を結成してしまう。そんなバンド、本人が一番組みたくないのだ。「友達を妬んでしまう自分は性格が悪い」と自己嫌悪に陥って、つらみが増すのはイヤなのだ。

わかる！ と膝パーカッションするフレンズよ、どうかもう自分を責めないでほしい。

友達を妬んでしまう時は「それだけ傷ついてきたんだな」と思ってほしい。「それだけ傷ついてきたのに、生き延びてめっちゃ偉いよ」と自分を褒めてほしい。あなたが褒めないなら私が褒める、あなたは生きてるだけで百点満点!!

私の脳内ガールズバンドは、昭和に結成された老舗バンドだ。子どもの頃から、戦場生まれの自分と平和な家庭に生まれた友達を比べて「理不尽オブザデッドやないかい〜〜〜!! バックトゥーザファイヤー!!」と熱唱してきた。

子どもは生まれる家庭を選べない。それを「しかたないでしょ、世界は残酷なんだから」と割り切れないし「比べるのはしかたないでしょ、人間だもの」と言いたい。人は聖者になんてなれないし、どんなにつらくても人の幸せを喜ばなきゃ、なんてブッダみは出さなくていい。

どんなに望んでも欲しいものが手に入らない時、他人を羨んでしまうのは自然な感情だ。心の中は不可侵領域で、何を思おうが自由なのだ。この世界は私たちを傷つける、いともたやすく行われるえげつない行為に溢れている。それでも「理不尽オブザデッドやないかい〜〜〜!!」と合唱できる仲間がいれば、だいじょーVである。

私も昔はこの世界から消えたかったけど、今は生きる気まんまんだ。両親は短命だったけど、自分はジョセフ・ジョースターみたいに長生きしたい。仗助（最推し）みたいな息子がいなくても長生きして、ブラウン管じゃわからない景色が見たい。ブラウン管がわからない人は周りの年寄りに聞いてみよう。

ヘルジャパン生まれ毒親育ちの私はマジ親に迷惑かけられた本当に。それでも必死のパッチで生きてきたけど、本来はガチャがハズレでも余裕のよっちゃんで生きられる社会になるべきだ。親がなくても子は育つし、親が毒でも子は育つのが理想の社会だろう。みたいな話を次回書こうと思います。

9 親ガチャに左右されない社会とは

毒親育ちには、四季折々のつらさがある。

まず12月と1月がつらい。クリスマスやお正月の家族団らんシーンが巷に溢れていて、心を削られる。成人の日もつらい。20歳の私は振袖姿の女の子たちを横目で見ながらバイトしていた。

「振袖は着てないし成人式も行ってない」と人に話すと「なんで？　親が用意してくれなかったの？」と聞かれるのもつらかった。「わかる！　5月6月もつらい」と毒親フレンズは膝パーカッションしてくれる。販売職の友人は「母の日父の日ギフトの時期は、お客さんの相談に笑顔で乗りながら心で泣いてます」と話していた。

親からギフトを送れと圧をかけられて死にそうになるのも、季節の風物詩だ。

夏は夏で「お盆ぐらい実家に帰ってあげたら？　親が可哀想」と周りに言われて、心が冷え冷えになる。秋は行楽シーズンだが、毒親育ちはイベントにつらい思い出が多い。運動会、音楽会、遠足、修学旅行の時に「親にあんなことされてイヤだったな……ラーラーラーララーラー」と毒親アルバムが再生されてつらい。イエベ春やブルベ冬といった派閥があるが、春夏秋冬のつらみを共有できるのが毒親フレンズだ。

フレンズは必死で戦場を生き延びてきたが、この世界はあらゆる場所に地雷が埋まっている。

たとえばＳＮＳを開くと「素敵なご両親がいる子は魅力的だと思う」「結婚するなら親に愛されて育った人がいい」といった言葉が飛び込んでくる。発信する側に悪気はないのだろうが、想像力もないと思う。こうした言葉が毒親育ちを幾重にも傷つけることを知ってほしい。

たとえば「健康な人は魅力的」「結婚するなら健康な人がいい」と言われたら、持病に苦しむ人はつらいだろう。

〝持てる者〟は想像力のない傲慢な発言をすることがある。私も「親に愛されずに育った人は人を愛せないと思う」と知人に言われて、爆発四散しそうになった。こういう毒親育ちに対するスティグマ（負の烙印）が溢れているから、毒親カムアウトできなくて、一人で抱え込むフレンズは多い。

23歳の私もそうだった。

「我が生涯に百片の悔いあり!!」

と拳を突き上げる我が一番後悔しているのは、父親に借金の保証人になれと脅された時、誰にも相談できなかったことだ。そんな境遇の自分がみじめで恥ずかしかったし、友達に話したら引かれるかも、恋人に話したら振られるかもと怖かった。それで署名捺印してしまって、5千万の借金返済中ナウである。もしもあの時、誰かに相談できていれば。「そいつは毒毒モンスターだ、逃げろ！」と言ってもらえたら、実印を膣にしまって逃げられたのに。

父親が23歳の娘に借金を背負わせるなんて、どう考えてもおかしい。でも当時はそれがおかしいことだと気づけなかった。「親子は助け合うべき」と家族の絆教に洗脳されていたし、「助けてくれる人なんていないから、1人でなんとかしなきゃ」と思っていた。子どもの頃から、ずっとそう思い込まされて生きてきた。

「私めっちゃ気の毒やないかい〜〜〜！　オギャ〜〜〜!!」

と今ではオギャれる友がいるが、子ども時代の私の周りに信頼できる大人はいなかった。

こんな気の毒な被害者を出さないために、子どもが助けを求められる社会にするべきだ。スウェーデン在住の友人・久山葉子さんによると、スウェーデンでは「子どもは生まれる家を選べないから、社会が子どもを育てる」という意識が強いそうだ。

著書『スウェーデンの保育園に待機児童はいない』によると、スウェーデンでは小さいうちから積極的に〝子供の権利〟について教えるという。

久山さんが保育園に通う娘さんに「子供にも権利があることを知ってる？」と聞くと「すべての子供には同じ価値がある」と即答して「子供を働かせちゃいけない、子供を叩いてはいけない……」とすらすら答えたという。

『家でパパやママから体罰を受けたら、それを先生に報告して助けを求めればいいということを子供たちは知っている』『「おうちではパパやママの言うことをよく聞きましょうね」ではなく、大人が間違ったことをした場合に、それに気づく能力を養う。それは、保育指針にある〝自分で考え、意見を持つ能力〟を養うという点にもつながっていく』という文章を読んで、ヘルジャパン生まれの全俺が号泣した。

子どもは教えてもらわないと、親が間違っていることに気づけない。

幼い頃、父が胸や尻に触ってきても

「お父さんてこういうもの」と思っていた。それが性的虐待だと気づいたのは大人になってからだった。

　またスウェーデンは大学まで学費が無料で、おまけに大学生向けの家賃や生活費の補助も充実している。かたや日本では親の経済格差が教育格差につながり、進学したくてもできない子どもがいる。また若者の多くが奨学金という名の学費ローンの返済に苦しんでいる。風俗の求人広告には「奨学金一括返済！」というコピーが載っていて、地獄みの深さに絶望する。

　久山さんに聞いて驚いたのは、スウェーデンにはそもそも「受験」が存在しないということだ。子どもに順位をつけることを禁じているため、人気の私立の小中学校でも、合格を決めるのは「申し込み順」なんだとか。

『子供に順位をつけない、つまり「子供を比べない」という考えは、親たちの普段の子育てにもしっかり根づいています。例えば「○○ちゃんはできてるのに」と他の子と比べるような発言は絶対にしません』という文章を読んで、全俺の号泣が止まらないオブザデッド。

受験地獄のヘルジャパンで、子どもは生まれた時から競争にさらされる。小学生の私は毎日塾に通わされて、テストの点数が低い順に並ばされてビンタされた。私を殴ったジジイがまだ生きてたら絶対に息の根を止めてやる。

塾では頭にハチマキを巻かされて「負け犬になるな！」「ライバルを蹴落とせ！」と怒鳴られた。「人権って、何かね？」とそいつらの頭を巨大カボチャでかち割りたい。

またスウェーデンでは保育園から人権教育やジェンダー教育を徹底して、「性別、民族、宗教、セクシャリティ、障がいに関わらず、人間には全員同じ価値がある」と子どもたちに教えるそうだ。全ての人間はオギャーと生まれた瞬間から平等に人権がある、という教育を日本はあまりにしてこなかったんじゃないか。

政治家が平気で差別発言をして辞任もしない、そんな国で暮らしていると「よし、マリネラに亡命だ！」とクックロビン音頭を踊りたくなる。クックロビン音頭がわからない人は周りの年寄りに聞いてほしい。

なんでこんなに違うのか？　というと、スウェーデンでは保育園から民主主義の基本を学ぶそうだ。久山さんいわく「政治を批判するのは国民の義務だし、むしろ良いことだとされてるよ」「子どもも大人も普段から政治の話をめっちゃしてるよ」とのこと。

日本では政治の話はタブーという風潮が根強い。私も政治批判しただけで「反日」「パヨク」「共産党のスパイ」と叩かれる。スパイだったらもっと隠密活動するだろう。秘密兵器が搭載された車とか乗りこなすだろう。こちとら運転免許もないんやぞ。

邪知暴虐な政治に激怒するのは疲れるし、アヌス、もといアルテイシアも北欧で笛を吹きトナカイと遊んで暮らしたい。だがしかし、もう少し日本でふんばると決めたのだ。子どもが幸福に暮らせる社会を作る責任が大人にはあるから。

私一人の声は小さくても、小さな声が集まれば大きな声になる。だから「黙って俺に従え」系の家父長制政治に「なんで黙らなあかんねん、主権者はこっちやぞ!!」と声を上げ続ける。そして親ガチャに左右されない社会、どんな家に生まれても「生きたい」と思える社会を目指したい。

私は20代まで概ね死にたかったけど、今は生きていてよかったと思う。この調子で83歳ぐらいまで生きたいな〜と思っていたら、夫に「俺は最低でも一万年は生きたい」と言われて、頭がおかしいのかな？と思った。夫の目標は不老不死らしいので、石仮面とか被れるといいねと思う。

私は不老不死とか死んでもイヤだけど、毒親のトラウマから回復して生きやすくなった。それは人に話して頼れるようになったからだ。精神医学の本にも「トラウマからの回復には、周りに支えてくれる味方がいたか？一人で抱えなければならなかったか？がもっとも大きな影響を与える」と書いている。

そんなわけで次回は、トラウマからの回復と毒親カムアウトのコツについて書きます。

10
毒親カムアウトする側とされる側の虎の巻

今でもたまに親が夢に出てくる。そのたびに汗びっしょりで目が覚めて「よかった、もう死んでるわ」と安堵のため息をつく。

毒親のトラウマは完全には消えないけど、毒親由来の生きづらさは減った。それは毒親の話を聞いて理解してくれるフレンズがいるからだ。敵を知り己を知れば百戦危うからず、と孫子パイセンも言っている。負けないためには敵を知ることが大事だＹＯ！　という意味である。

トラウマに負けないためには、トラウマを正しく知ることが大事だメーン！というわけで、いろんなトラウマ本を読んで研究してきた。その中で私のおすすめは、精神科医の水島広子さんが書いた『対人関係療法でなおすトラウマ・

PTSD』という本だ。詳しくは本を読んでほしいが、素人の私がトラウマについて学んだことを書きたい。

トラウマの回復には、支えてくれる味方がいたか？一人で抱えなければならなかったか？がもっとも大きな影響を与えるそうだ。自分の信頼する人（友人、パートナー、家族など）がトラウマを理解してくれること。「つらい目に遭ったんだから、そういう感じ方をするのは当然だよ」と認めてくれること。それによって「自分の感じ方は正常なんだ」と安心して、じょじょに自信が回復していく。

ところが、トラウマの知識のない人は「過去に縛られすぎないで」「つらい過去は忘れて前へ進もう」とアドバイスしたりする。相手はよかれと思って言うのだが、それはむしろ逆効果になる。本人は忘れたくても忘れられなくて苦しんでいるのだ。それなのにそんな言葉をかけられると「過去に縛られる自分はおかしいんだ」「前へ進めない自分はダメなんだ」とさらに自信を失い、不安になってしまう。ありのままの感じ方を否定されると、「どうせ話してもわかってくれない」と一人で抱え込んでしまう。
一人で抱え込まないこと、信頼できる人に話を聞いてもらうこと。ありのままの感情を否定されず、理解して受け止めてもらうこと。その積み重ねによって、不安や苦しみが軽くなっていく。

トラウマのある人が過去の記憶を思い出すのは、とてもつらい（とてもつらい）。けれども何度も思い出しながら話しているうちに、その記憶に慣れていく。皆さんも怖い漫画を読んで眠れなくなったことがあるんじゃないか。私も山岸凉子先生の『鬼』を読んで3年ぐらい夜中にトイレに行くのが怖かった。でもその怖い漫画を百回読み返したら、どんどん慣れて怖くなくなる。それと同じ寸法である。

昔は私も親のことを人に話すのがつらかった。でも自分でも飽きてゲップが出るぐらい親のことを話したり書いたりするうちに「どうでもええわ」という気分になってきた。どうでもいいと思えるぐらい、親の存在が小さくなったのだ。そして気づくと「傷は癒えた!!」と拳を突き上げるラオウ状態になっていた。

「目指せラオウ。」

というわけで、安心して毒親の話ができる場所を見つけよう。プロのカウンセリングを受けたり、毒親コミュニティや自助グループにつながるのもおすすめだ。こういうのは相性が大きいので、自分に合う人や場所を見つけてほしい。


でもやっぱり身近な親しい人に理解してほしいし、味方になってほしいもの。それが回復につながる大きな鍵になる。「毒親カムアウトするのが怖い」「わかってもらえなくて、もっと傷つくことになるんじゃないか」と悩むフレンズは多い。毒親育ちじゃない人には理解されないんじゃないか、「そんなことあるの?」と信じてもらえないんじゃないか……と不安に思うし、実際に私もさんざん傷ついてきた。

「親も大変だったんじゃない?」「愛情はあったと思うよ」「親も完璧じゃないから」「親子って揉めるものだよ」「ちゃんと話し合ってみたら?」そんな言葉を返されるたび「違う、そうじゃない!!」と脳内で鈴木雅之が大暴れ。

話し合ってわかりあえる親なら、そもそも苦しんでいないのだ。何度も何度もトライしては裏切られ、絶望してナウなのだ。

もし私がいじめの被害者だったら、そんな言葉を返すだろうか？「加害者も大変だったんじゃない？」「愛情はあったと思うよ」「相手も完璧じゃないから」なんて絶対に言わないだろう。

毒親育ちは親からいじめを受けて育ってきたのだ。親から愛情を受けて育った人には、そんな地獄が想像できないのだろう。かつ「親は子を愛するもの」「親子は仲良くするべき」という刷り込みもあるし、「人様の親を悪く言うもんじゃない」という遠慮もあるのだろう。

毒親にもいろんな種類がある。暴力や暴言系はまだ理解されやすいが、過干渉や束縛系は「親も心配してたんだよ」「子を思う親心でしょ」と返されがちだ。そう言われると「あなたは親に行動を監視されて何もかもに口出しされる生活をしたいですか？ 愛情と支配は違いますよね？」と早口で返したくなるが、実際には言い返せない。

やっぱりわかってもらえない……と絶望してしまって、それ以上話せなくなる。といった事態を避けるために、毒親カムアウトする際は「私の言葉を否定せず、ジャッジもアドバイスもせず、ただ聞いてもらえると嬉しい」と事前に伝えるのがおすすめだ。

私がよくおすすめしているのは、文章で伝えることである。毒親の話をするのは、とてもつらい（とてもつらい）。気持ちが高ぶってうまく話せなかったり、涙があふれて言葉に詰まってしまったりする。あるいは「深刻なムードになると悪いな」と遠慮してしまって、軽い調子で話した結果つらさが伝わらなかったりもする。なので、メールや手紙などで言いたいことを全部伝えきる方がいい。相手も不意打ちだと反応に困るけど、文章なら何度も読み返して理解を深められるし、どんな言葉を返そうかと推敲もできる。

というわけで、レッツ作文!! 文章は長くなってオッケー、むしろ長文の方が思いが伝わる。過去に親からされてつらかったことや、今の自分の気持ちを正直に書こう。

そのうえで「私の言葉を否定せず、ジャッジもアドバイスもせず、ただ話を聞いてもらえると嬉しい、それだけで救われる」など、相手への要望も書こう。そうすれば、気のきいた言葉やアドバイスを返さなきゃ、と相手も誤解せずにすむ。

こちらは気のきいた言葉やアドバイスは求めていないのだ。それで救われるぐらいならとっくに救われてるし、他人が思いつくようなことはさんざんやり尽くしてナウなのだ。以上のことを、毒親カムアウトされる側に知ってほしい。

自分には毒親育ちの気持ちがわからない……と悩む人もいるだろう。でもわからなくていいし、むしろわかったつもりになってほしくない。こちらは「わかりたいけどわからない。けど、わかるために努力したい」と思ってくれる存在がいることに救われるから。

LGBTQに関する記事に『同性を好きになる感覚を理解する必要はなく、「自分が異性を好きになるように、同性を好きになる人がいるんだな」と頭でわかっていれば十分で、心までついていかせる必要はありません』とあった。

毒親についても同じである。「自分は親を好きだけど、親を嫌いな人もいるんだな」と頭で理解してくれればいい。かつ「親を嫌いたい子どもなんていなくて、嫌うのには相応の理由がある。親を愛せないことに本人が誰よりも傷つき、自分を責めている」ことを理解してほしい。

そのうえで「それだけ傷ついてきたんだから、親を嫌いなのは当然だよ」と肯定してくれれば、心から救われる。

毒親カムアウトされた際は、余計なことを言わないのが一番だ。故郷の村を焼かれた人に「つらい過去は忘れて前へ進もう」なんて言わないだろう。それは相手の傷つきを軽視していることになる。とにかく、相手の言葉に真摯に耳を傾けてほしい。「それはひどいね」「それはヤバいね」というシンプルな返しもうれしい。そう言われると毒親育ちは「やっぱりうちの親ってヤバいんだ」と安心するから。

毒親育ちは腫れ物扱いせず、普通に接してほしいと願っている。なので「こんな話を聞いちゃって、どっどどどうどどうしよう」と動揺して又三郎にならず、カムアウト後も今まで通りに接してほしい。

ラオウは「ならば神とも戦うまで!」とやる気まんまんだったが、毒親からは逃げるが勝ちだ。テロリストとは交渉しないのが一番だ。とはいえ、逃げたくても逃げられない場合もある。なので「イヤなら会わなきゃいいのに」「なんで縁を切らないの?」とか、他人が気安く言うのはやめよう。

毒親育ちは「親に会いたくないけど、会わなきゃもっと大変なことになる」と経験的に知っている。鬼電や鬼LINEをしてきて「会わなきゃ死ぬ」と脅迫して、自宅や職場に突撃するなど、過激なテロ行為に及ぶ毒親も多い。

私も母の鬼電を無視していたら職場に奇襲をかけられて、マジで殺しそうになった。俺たちは親を殺さないだけで百点満点!! とフレンズは胸を張ってほしい。そして毒親カムアウトする際は、先方にこのコラムを読んでもらうのもいいかもしれない。


毒親カムアウトされる側は、以下の言葉をメモってほしい。

「大変だったね、話してくれてありがとう」

「親と仲良くするのが正解じゃないよ」

「誰が何を言おうと、私はあなたの味方だよ」

この3つの言葉で十分なので、メモを冷蔵庫の水道屋のステッカーのとなりに貼ってください。

次回は「毒親育ちの良いところ」について書きます。

11 毒親育ちの良いところをプレゼンしたい

毒親育ちは生まれながらにハンデを負う。私も「毒親育ちで良かったことなんかなんもねえわ」と思っていたが、案外そうでもないことに気づいた。もちろん毒親育ちもいろいろだ。今回はあくまで私が見てきた範囲で、毒親フレンズの良いところをプレゼンしたい。

■人の痛みがわかるところ

なんせ売るほど痛みを経験してきたため、他人の痛みを理解して共感できる。周りの毒親フレンズを見ていると、人の心に寄り添える優しい人が多いと思う。優しさや共感力はなんぼあってもいいですからね。

子どもは親を選べない。そのため、毒親フレンズは選べないもの（家庭環境、人種、性別、セクシャリティ、障がい、貧困等など）のせいで理不尽に苦しむ人、社会的に弱い立場の人に思いやりがある。ゆえに社会問題や政治に関心が高い人、ボランティアや支援活動などを行う人も多い。

■友達を大切にするところ

「血は水より濃い」みたいな言葉を聞くと、毒親育ちは吐血する。

「血縁!! それが俺たちを苦しめるッ!!」

という人生を送ってきた毒親育ちは、血縁以外のつながりを大切にする。我々にとって友達は命綱でありセイフティネットだから。

そうやって友達を大切に生きていると、中年以降の幸福度が爆上がりする。どんなに仲良しでも親は大体先に死ぬし、パートナーとは離婚や死別もありうる。一方、友達は何歳になっても何人でも作れる。

私は一人では生きていけない人間だと自覚していたから、友達を作る努力をしてきた。詳細は「友達の作り方～ゴリラ型で生きたい人へ～」を参考にしてほしい。

■サバイバル能力が高いところ

毒親育ちは戦場を生き延びてきたソルジャーなので、サバイバル能力の高い人が多い。私も18歳で実家から逃げ出して、バイトしながら自活してきた。さんざん苦労はしたけれど、実家にいた頃に比べたら2億倍マシだった。「毒親に生殺与奪を握られる地獄に比べたら、なんぼのものか」とふんばってきたので、いざとなったら何やってでも生きていく自信はある。

しかしながら、あんまり生きたくないのが問題だった。毒親育ち由来の生きづらさから「いつ死んでもいいや」と思っていたが、この連載で書いたようにいろいろやってみた結果、生きづらさが激減した。今では元気に長生きするため、カルシウムや乳酸菌などせっせと摂取している。

生きたくない理由を追究するより、生きづらさを減らす方がおすすめだ。生きづらさが減れば「生きるのも悪くねえな」と思えるから。そうすれば、毒親育ちは最強のサバイバーになれる。なのでいろいろ試しながら、とりあえず生きてみてほしい。

■前半はハードだけど、後半はハッピーなところ

人生前半はハードモードでつらいけど、年を重ねるにつれて幸福度が上がるのが毒親育ちあるあるだ。私も人生の幸福度を折れ線グラフにすると、ぶっちぎりで右肩上がりだ。毒親に支配される奴隷状態から解放されただけでも「今の私、マンモスハッピーやな」と実感できる。

逆に前半が順風満帆だった人は「昔と比べてつらいかも」「人生ってハードなのね」と思いがちなんじゃないか。

DV家庭で育った友人の「今はボーナスステージだと思ってる」という言葉に、膝パーカッションしすぎて膝が二枚じゃ足りなかった。私も「前半に一生分の苦労はしたし、あとはのんびり生きよう」と隠居老人、もしくは退役軍人のように暮らしている。40歳までどうにか生き延びたんだから、余生気分で気楽にやろう。そう思えることも、幸福度が上がる鍵かもしれない。

■親が死んでも平気、むしろめっちゃホリディなところ

私は親が死んだ時「二度とモンスターに怯えずにすむ」という安心感と解放感に包まれた。葬儀場で「イエ〜〜イ！　め〜っちゃホリディ♪」と踊り出したい気分だった。一方、親と仲良しの友人は親の介護をしながら「介護鬱になる人の気持ちがわかる……」と言っていた。

私は「もらってないものは返せない」と書いているが、彼女は「私は親にいっぱいもらったから、返したいと思うんだよね。それで自分を犠牲にしてでも頑張ってしまう」「とにかく親がつらそうなのが一番つらい」と話していた。

そんな彼女に「愚痴でもなんでも聞くから頼ってね」と言っている。生まれ育った環境が違っても、人は支え合えるから。私も老猫の介護をしていた時、猫がつらそうなのが一番つらかった。その猫が死んだ時は悲しすぎて憤死するかと思った。親が死んで悲しめる人が羨ましかったけど、そこにはまた別のつらさがある。みんな違って、みんなつらい。それを実感するのが、親が倒れたり死んだりしがちな中年時代かもしれない。

また、パートナー探しにおいても意外なメリットがある。

「毒親のいる自分と結婚したら相手に迷惑をかけてしまう」「私みたいな人間は幸せな結婚なんてできないんじゃないか」

そんなコンプレックスをずっと抱えていたけど、いろんな夫婦を見てきて、毒親育ちゆえのプラス面もあることに気づいた。

■スペックじゃなく中身に注目するところ

毒親フレンズは「スペックとかどうでもいい、大切なのは中身や」という視点でパートナーを選ぶ人が多い。

「父親がハイスペモラハラだったから、条件に騙されたらアカン！と心眼を研ぎ澄ませた」「父のモラハラに耐える母を見て育ったため、男に養われることが恐怖。だからパートナーの稼ぎにはこだわらなかった」「とにかく心根が優しくて、家事育児を分担できるパートナーを選ぼうと思った」そんな話をフレンズからよく聞く。不仲な両親を反面教師にできるところも、毒親育ちの強みと言えるだろう。

■トラブルに強いところ

たとえばパートナーの身内にトラブルが起こっても「俺はそういうのは得意だ、バッチコイ」と受け止められるし、「チームで戦っていこうぜ」と支え合える。結婚は単なる箱で、中身は50年の共同生活。50年の間にはあらゆるトラブルが起こるので、苦しい時に支え合えるパートナーを選んだ方がいい。そういう点でも幾多の苦しみを乗り越えてきた毒親フレンズはおすすめだ。

■家庭を大事にするところ

毒親育ちは「ようやく手に入れた巣を壊してなるものか」という思いから、家庭を大事にする。実家が地獄だったぶん今ある幸せに感謝するし、「あの地獄から救ってくれてありがとう」とパートナーにも感謝する。私も自分を受け入れてくれたアナルガバ夫を「ありがてえ、なんまいだぶ」と拝んでいる。

もし何不自由ない家庭で育っていたら、実家と比べて不満を抱いたかもしれない。実際マザコンやファザコンで実家と密着している人や、「親はこんなにしてくれたのに」とパートナーに不満をぶつける人もいる。親や親族となるべく距離を置きたい人にとって、毒親育ちはベストパートナーと言えるだろう。

■形にこだわらないところ

毒親育ちが求めるものは平和である。平和に安らかに暮らせれば十分と思っているため、「豪華絢爛な結婚式を挙げたい」とか「タワマンに住んで摩天楼から地上を見下ろしたい」とかあんまり言わない。「結婚」にキラキラした夢や憧れがないぶん、地に足がついた考え方ができる。

私も夫と暮らせればよかったから、結婚式も指輪の交換も何もせず、婚姻届を出すだけというシンプルスタイルを選んだ。それなら5分でできるしタダである。

もし三井のリハウスみたいな家庭で育ったら、「結婚はこうあるべき」と理想のモデルに縛られたかもしれない。幸せの形は人それぞれで、自分たちに合った形にカスタマイズすればいい。そんなふうに思えるのも毒親育ちの良い面ではないだろうか。

■婚活に必死のパッチになれるところ

私が法律婚を選んだのは、親と戸籍上も離れたかったからだ。独身時代は「もしいま救急車で運ばれたら親に連絡がいってしまう、延命処置とか治療の方針とかあいつらに決められるなんて死んでもイヤだ」と思っていた。だから必死のパッチでパートナーを求めていた。

また「惚れたハレたはいらない、家族が欲しい……!!」という切実な思いで、婚活という戦場に臨んでいた。もし私が毒親育ちじゃなかったら「婚活ダリぃし、もういいや」と諦めていただろう。

だからといって、毒親育ちでよかったなんて1ミリも思わない。私も親から愛されて育ちたかった。ただマイナスしかないと思っているところにもプラスはある、と伝えたかった。

繰り返すが、毒親育ちもいろいろで「自分はちっともあてはまらない」という人もいれば「いくつか身に覚えがあるな」という人もいるだろう。毒親育ちの良いところやプラス面に注目する文章はあまりないので、少しでも希望につながれば幸いだ。

12
毒親育ちが心を削られないための護身術

この世界には毒親育ちを傷つける言葉が溢れている。「そんな柔な拳では、この身体に傷一つ残すことはできんわ！」と私もラオウ顔でキメたかったが、現実にはダメージを受けてきた。

たとえば「昔のことは水に流して、親を許してあげたら？」とか言うてくる人がいる。許す、許さないは本人が決めることだ。また、許そうと思って許せるものでもない。

許せないことに一番苦しんでいるのは本人なのだ。許せたらどんなに楽だろう、忘れられたらどんなにいいだろう……そう切実に願いつつ、許したくても許せないからつらい。

親を殺された人に向かって「犯人を許してあげたら?」とは言わないだろう。「(大したことじゃないんだから)許してあげたら?」と被害を軽視するのは、被害者をさらに傷つける二次加害だ。言われた側は「許せない自分はダメなんだ」と自分を責めて、さらに苦しむ。つらい気持ちを一人で抱え込み、心の回復からますます遠ざかる。

「親にも事情があったのよ」「親も苦しんでると思うよ」「いつまでも責めたら可哀想」「親を恨んでも解決しないよ」「憎しみを抱えたままだと不幸になるよ」……等など。これらは被害者を追いつめる言葉であり、被害者の声を封じる言葉でもある。

私はこうした言葉をかけられたら「いじめの被害者にそれ言います?」と返す。

毒親育ちは親からいじめを受けて育ってきたのだ。自分を傷つけた相手を許せないのは当然だし、許さなくていい。心は不可侵領域で、相手を憎んで恨んでボコボコにしようが自由なのだ。

毒親育ちは「血のつながった親子なんだから」「育ててもらった恩があるでしょ」

「子どもを愛さない親はいない」「だから親を許すべき」という圧に苦しめられる。こうした圧をかける人々は、毒親ポルノ（毒親を許して和解する系のコンテンツ）に洗脳されているのだろう。

どんなにひどい親でも、子どもは「親を愛せない自分はひどい人間じゃないか」と罪悪感に苦しむ。そのうえ、当事者の苦しみを知らない人々からの無神経な言葉に傷つく。その手の人々に「うちは毒親なんですよ」と言っても「親だって完璧じゃないんだから」「あなたも子どもを産めば親の苦労がわかる」と説教をかまされがちだ。

そこで「それ児童虐待の被害者に言います？」と返すと、さすがに黙る人が多い。が、そこまで言っても「親も追いつめられてたんじゃない？」など、親サイドに寄り添う人もいる。幼い子どもはどれだけ追いつめられても、親から逃げられない。親子は圧倒的な力関係があるのに、その非対称性を無視するのはおかしいだろう。

ちなみに私の場合は「父親に5千万の借金を背負わされたんですよね～」と言

うと、相手がドン引きするので便利。やはり金の話は全人類に刺さる。

モンスターに追われる気持ちは、追われたことのないラッキーな人にはわからない。私も親からの連絡を無視していると話すと「親御さんが可哀想」「もっと優しくしてあげて」と善意の人に言われたが、毒親は優しくするとつけこんで、利用&搾取してくる。

モンスターの生態を知らない人の言葉から、どうやって自分を守るか？　たとえば「盆正月ぐらい帰ってあげたら？　親も寂しがってるでしょ」と悪気なく言ってくる人もいる。そこで「親と仲が悪くて（笑）」と笑顔で返すと「反抗期？」「たまには親孝行しなきゃ」とか言われて、とてもつらい。

とてもつらい時に、反射的に笑顔で返すクセをやめよう。そうした場面では「複雑な事情があって……」と明菜返し（小声&伏し目）がおすすめだ。中森明菜のモノマネをする友近のモノマネをマスターしよう。

もしくは「親からDVを受けたんですよ」と真顔で返すと、さすがに相手は黙る。それでも何か言ってくる奴は、そいつがモンスターなのでダッシュで逃げ

よう。

自分の事情を明かしたくない場合は、bot返しがおすすめだ。「たまには親孝行しなきゃ」と言われたら「〇〇さんはそういう考えなんですね」「〇〇さんはそういう考えなんですか」とひたすら繰り返すと、相手は話す気を失う。もしくは「えっ、なんでですか?」「なんで親孝行しなきゃいけないんですか?」「なんでなんで?」と質問返しもおすすめだ。

相手が吉良吉影なら爆殺される恐れがあるが、吉良吉影は他人に興味がないのでからんでこない。幼少期のエジソンは「なんでなんで？」と質問ばかりしていたため「なぜなぜ坊や」と呼ばれていたそうだ。幼少期のエジソン顔で「なんでなんで？」と言い続ければ「こいつ面倒くさいな」と相手は逃げていくだろう。

エジソン返しより破壊力があるのが、エシディシ返しだ。20代の頃、会社の飲み会で親の話をぽろっとしたら「被害者ぶるな」と先輩に言われたことがある。私は今でもそいつのことをひたむきに呪っていて、アマゾンで藁人形をポチりそうになった（千円ぐらいで買える）。あの時、ショックのあまり何も言い返せなかった自分が悔しい。そいつにダメージを与えるために「あァァァんまりだァァ AHYYY AHYYY AHY WHOOOOOOHHHHHHHH!!」とギャン泣きすればよかった。すると相手を「ひどい発言で後輩を泣かせた悪者」にできるし、「ひどいんじゃない？」と周りに非難される姿を見れば「フー、スッとしたぜ」とスッキリする。そこで相手が謝ってきたら「すみません、心が叫びたがってたんで」とクールに返そう。

「うちはもっと大変だった、甘えたこと言うな」「うちも毒親だけど結婚式には呼んだよ、それがケジメってもんでしょ」などと説教してくる人もいる。「自分は我慢したんだからお前も我慢しろ」系の説教をされたら「体育会系ｗｗ昭和ｗｗｗ」とプークスクス返しをするもよし。「そういうのよくわかんないすねー」とスマホでＴｉｋＴｏｋを見るなどして、世代が違うから話が通じないアピールもアリだ。

「孫の顔を見せてやるのが親孝行だぞ」など、化石みたいな説教をしてくるおじさんもいる。そんな時は次のさしすせそを使ってほしい。


「さすが〜！　昭和生まれは伊達じゃない」

「知らなかった〜！　マンスプおじさんだったんですね」

「すごーい！『時代錯誤』の例文みたい」

「センスいい〜！　安土桃山生まれですか？」

「そうなんだ〜！　すみません、あなたの話に興味ないです（苦笑）」


上から目線で説教してくる奴は、こちらをナメているのだ。なので「子どもと言えば、『暗闇を恐れる子どもは問題ではない、光を恐れる大人こそ人生の悲劇である』というプラトンの言葉がありますよね。これについてどう思いますか?」と哲学返しをキメよう。小難しい話をして相手をビビらせるのは効果的だ。「ミネルバのふくろうは黄昏に飛び立つ」というヘーゲルの言葉もかっこいいので、意味はわからないけど使ってみたい。

「親を恨んでも解決しないよ」「憎しみを抱えたままだと不幸になるよ」とか言ってくる人は、何も考えずにテンプレ発言しているのだ。だから「えっなんでそう断言できるの? 根拠は? 文献は? ソースは? エビデンスは?」とネチネチ質問を繰り返そう。そこで相手がしどろもどろになったら「ちょっと何言ってるかわからない」とサンドウィッチマン返しをキメよう。もし相手がムッとしたら「怒っても解決しないよ(苦笑)」と返そう。

逆に相手が「毒親の定義は?」とか質問してきたら「興味があるならググれカス」とピシャリと返そう。「丁寧に説明して自分を納得させてみろ」と上から聞いてくる奴に時間を割いてやる必要はない。

対話するかどうかを選ぶ権利は自分にある。こちらを尊重しない相手を尊重してやる必要はない。相手がこちらの意見に耳を傾け、真摯に対話する姿勢があるかを見極めよう。その姿勢がある相手には「そういう言葉に私は傷ついてしまうんだよね、なぜなら……」と素直な気持ちを説明すればいいと思う。

これらの撃退法が毒親フレンズのお役に立てば幸いだ。最後に、言葉で言い返すのが苦手な人は「オカルト返し」をキメよう。ウザいこと言ってくる奴の背後をじっと見つめて「視える……」と呟けば、相手を恐怖させられる。

次回は「自己肯定感がなくても大丈夫」という話をします。

13

自己肯定感の呪いから自由になろう

過去の自分を振り返ると、浮き輪がない状態で生きていたと思う。ここで言う浮き輪とは「自分はこの世界に生きていていいんだ」「どんな自分でも生きていてOK牧場」という感覚である。親から無条件に愛される経験をした人は、この浮き輪を持っている。だから必死で泳がなくても浮いてられるし、荒波が襲ってきても溺れずにすむ。

一方、親から愛されなかった人、「あんたなんか産むんじゃなかった」とか言われて育った人は「自分はこの世界に生きていていいんだ」と思えない。また「親の期待に応える良い子でいなきゃ」と条件付きの愛情しかもらえなかった人も「どんな自分でも生きていてOK牧場」と思えない。

浮き輪がない状態で生きるのは、げっさしんどい。溺れないよう必死で泳ぎながら、自力で浮き輪をゲットしなきゃいけない。親から否定されて育った人が、ありのままの自分を肯定できないのは当然である。

親からダメ出しされて育った人が「自分はダメだ」と思い込む癖がつくのも当然である。これは断じて本人の責任ではない。子どもにそんな呪いをかけた親が悪い。だからフレンズたちよ、自己肯定感の呪いに苦しまないでほしい。

「自己肯定感」の本来の意味は、この浮き輪のようなものだと思う。本人が努力して手に入れたものじゃなく、ありのままの自分を肯定してくれる他者のおかげで、いつのまにか自然に身についたもの。

本来、自己肯定感とは「自分を好きになれなくても、自信を持てなくても、自分は生きていていいんだ」と思えることだろう。ところがどっこい、「自己肯定感を高めるために努力しよう」「自分を好きになろう」「自分に自信を持とう」みたいなメッセージが世に溢れている。そのせいで「自己肯定感を高められない自分はダメだ、自分を好きにならなきゃ、自信を持たなきゃ」とプレッシャーに苦しむフレンズは多い。そんなの本末転倒オブザリビングデッドである。

それに「自分を好きにならなきゃ、自分に自信を持たなきゃ」と自分にばかり意識が向くと、余計に生きづらいんじゃないか。毒親育ちは自分に一番厳しい視線を向けがちなので「やっぱり自分はダメだ」「こんな自分を好きになれない」と堂々巡りになってしまう。

私は自分を好きになることよりも、好きになれる人やものを見つけることをおすすめしたい。「友達の作り方〜ゴリラ型で生きたい人へ〜」で書いたように、私は友達を作る努力をしてきた。「この人のこと好きだな」と思う人は自分から誘って、素敵な友達を増やしていった。すると「こんな素敵な人が仲良くしてくれるなんて、私もそんなにダメじゃないかも」「この人といる時の自分はわりと好きかも」とじょじょに思えるようになってきた。

自己肯定感を高める系の本には「自分の良いところを書き出そう」とか載っているが、ダメ出し癖のある人は良いところが浮かばなくて落ち込んでしまう。私も「自分の良いところ……快便なところ？」とか書きながら「何やってんだ自分」と虚しくなった。

それよりも、他人の良いところを見つける方がおすすめだ。そういう視線で人と接していると「この人のこと好きだな、友達になりたいな」と思う人が見つかりやすいから。また他人の良いところ探しをする癖がつくと、自分の良いところも見つけやすくなるので試してほしい。

連載のタイトル通り、生きづらくて死にそうだったからいろいろやってみた。自己肯定感を高めるために、仕事、勉強、資格取得、ダイエット……など努力してみたこともある。たしかに努力の結果が出ると、それなりに自信はつく。けれども「目に見える結果」にこだわると、結果が出なかった時に自信喪失してしまう。また努力できない自分に自己嫌悪したりもする。

私は三日坊主ならぬ三日大僧正と呼ばれる根気のない人間なので、自信喪失&自己嫌悪パターンが多かった。また結果が出て自信がついても、それは一過性のものだったりもする。「次の目標を見つけて達成せねば!!」と努力してない自分を認められない状態になるのは、本来の自己肯定感とは真逆なんじゃないか。

そんな鼻ニンジン状態じゃなくても、どんな自分でも生きていていいと思えるのってどんな時？　その答えは人それぞれ違うだろう。私の場合は、人からの愛情を感じた時と、人の役に立っていると感じた時だ。という話をしたら「め～～っちゃわかる！」と友人Nちゃんが膝パーカッションしてくれた。「私もコロナにかかって自宅療養していた時、それを実感しました」と彼女は語る。私も療養中の彼女にゼリーの詰め合わせセットを送った。贈り物のセンスがお中元っぽいのも中年ムーブだ。

他の友人たちも食べ物や飲み物を差し入れしてくれて、「必要なものがあったら言ってね」「生理用品は足りてる？」と気づかってくれたという。「友人たちからの愛情を感じて、いつ死んでもいいと思っていた私が生きようと思えたんです。自分でもびっくりです」。そう振り返る彼女に「コロナにかかって良かったね」とはもちろん思わないけど、気持ちはめ〜っちゃわかる。

自分を大切に思ってくれる人、自分を気にかけて支えてくれる人がいることで「生きていていいんだ」と思える。やっぱりヒトは群れを作って生きる、社会的な生き物なんだと思う。

余談だが、私も先日ＰＣＲ検査を受けた。唾液を出すのに苦労したと経験者から聞いていたので、推しの画像を用意して臨んだら、怖いぐらい無限に唾液が出た。推しってすごい、推しは人生の光、推しへの課金は光熱費……と私も思うが、推しは生理用品を買ってきてはくれない。

やっぱり生身の人間との触れ合いや支え合い、お互いにケアし合うこと、他者から肯定されたり愛情をもらったりすることが、浮き輪の材料になるのだろう。

もちろん美味しいものを食べたり楽しみなイベントに出かけたり、そういう瞬間も幸福感を感じる。あくまで私の場合だが、人の役に立った時の方が幸福感が持続する気がする。だから三日大僧正だけど、物書きの仕事は続いているのだと思う。自分の書いた文章を読んで「役に立った」と言ってくれる人が一人でもいれば、生きていていいと思えるから。

「アルテイシアの大人の女子校」という読者コミュニティを作ったことで、それをますます実感した。女性が安心して本音を話せる場所、気の合う女友達に出会える場所を作りたい。女同士でキャッキャウフフしたいし、みんなで芋とか掘りたい。そんな思いで大人の女子校を始めたが、結果的に自分がすごく救われた。「女子校の存在に救われてます」とメンバーから言ってもらうことで「少しは人の役に立てたかも」と思えるから。

ちなみにみんなで掘った芋を焼いて食った翌日、びっくりするぐらい長い屁が出た。「長い屁が出た!」「私もです!」とシェアし合える仲間、困った時に支え合えるメンバーがいることにも安心感を抱いた。

生きづらさを感じている人は、人の役に立つことをしてみるといいかもしれない。

社会活動でもボランティアでも、試しにやってみれば「自分のことを前より好きになってるな」と気づいて、生きやすくなるかもしれない。私の場合はそうだった。目に見える結果じゃなく、目に見えないもの、他者とのつながりの中で救われて、気づいたら腹に浮き輪がついていた。


最後に「会うたびに首が太くなる女」の話をしよう。怪談とかスタンド使いの話じゃなくて、毒親フレンズMちゃんの話である。

Mちゃんは子どもの頃から親に自己決定権を奪われて育った。服装も習い事も部活も進路も職業も何もかも親に決められたため、自分が何を好きなのかわからなかったそうだ。彼女は世間的にはハイスペエリートで、結婚して子どもにも恵まれたが、いつもうっすら死にたい気分だったという。

そんな彼女が数年前「今、人生で初めて自分の好きなことをやってる」と話してくれた。たまたま子どもの付き添いで格闘技スクールの見学に行き、「自分もやってみよかいな」と試しに入学してみたところ、ドハマりしたそうだ。

「親なんか秒で絞め落とせると思ったら、親が怖くなくなった」と語る彼女は会うたびに首が太くなっていき、幸せそうな顔になっていった。「好きなことに夢中になってる自分を悪くないと思えるし、できなかったことができるようになるのも嬉しい。格闘技つながりで新しい友達ができて、世界が広がったのもよかった」「それで全部解決ハッピハッピハッピーってわけじゃないけど、自分を守る盾を手に入れた気分」

彼女が格闘技に出会ったのは、たまたまだ。偶然の出会いが人生を変えることはあるあるなので、いろいろやってみるのがいいと思う。好きになるかどうかは、やってみないとわからないから。私もいろいろやってみた結果、「自分にはダメなところも嫌いなところもあるけど、それでも生きていてOK牧場」と思えるようになった。

フレンズたちが自己肯定感の呪いから自由になって、浮き輪をゲットすることを祈っている。

14 毒親認定は必要ない、しんどいものはしんどい。

「うちの親は毒親じゃないけど」
「毒親と言うほどじゃないけど」
「これって毒親なんでしょうか？」

読者の方からこんなコメントをよくいただく。皆さんにお伝えしたいのは「毒親認定は必要ない」ということだ。

他人や世間から「あなたの親は毒親です」と認めてもらう必要はない。〝毒親〟とは「親に愛されなかったのは私が悪いから」と自責する子どもが「私が悪いんじゃなく、親が毒だったんだ」と気づいて生きやすくなるため、本人が救われるために必要な言葉なのだ。少なくとも私はそういう意味で使っている。

たとえば「（自分が受けた被害は）セクハラと言うほどじゃないけど」と話す人がいたら「自分が傷ついたなら傷ついたと認めた方がいいよ」と言うだろう。親子関係も同じである。誰がなんと言おうと、自分が傷ついたなら傷ついたと認めた方がいい。それが心の回復の第一歩になるから。

逆に「うちは毒親じゃないのに、つらいなんて感じちゃダメだ」と自分の感情を否定すると、傷ついた心がいつまでも治らない。それは転んでケガをしたのに「大した傷じゃないんだから、痛いなんて感じちゃダメだ」と放置するようなものである。転んでヒザを強打したら「痛い」と感じる、それは自分を守るための身体の反応である。感情は感覚と同じで、心が勝手に感じるものなのだ。ちなみに中年になると何もないところで転ぶので、「注意一秒 怪我一生」を座右の銘にしている。

また「100％の悪」「100％の善」なんて中二が濡れるキャラは存在しなくて、人間はみんなグラデーションなのだ。良い親であっても、子どもを傷つけることはナンボでもある。親に悪気はなくても、子どもは自分の気持ちを親に無視されたり否定されたりすると傷つくのだ。人から見たら些細な事でも「あの時、私は傷ついたんだな」と認めてあげることで、心がちょっと楽になるので試してほしい。

また「うちは毒親じゃないんだから、親がしんどいなんて思っちゃダメだ」と思うのもやめよう。「しんどいものはしんどい！心が勝手に感じるんだからしかたねえわ」と開き直る方が生きやすくなる。悪い親じゃなくても、相性が悪いことはナンボでもある。「同じクラスだったら絶対友達になってねえわ」というタイプが自分の親だとしんどい。他人なら付き合わなきゃいいが、身内だとなかなかそうもいかないから。

「悪い親じゃないけど、盆正月に会うのが限界」「実家に3日以上いると気が狂いそうになる」みたいな話はあるあるだ。なぜ家族なのにわかり合えないの？と悩む人は多いが、家族だからややこしいのだ。身内に対しては距離感がバグりがちだから。「あんたは結婚もしないでお母さん肩身が狭いわ」など、他人には絶対言わないような言葉をぶつけてくる親も多い。

親がしんどいと感じるなら、適切な距離を置く方がいい。「あんまり会わないようにしたら、親も気をつかうようになって関係が良くなった」みたいな話もあるあるだ。

また良い親であっても、どんな親でも抑圧になりうる。というか、親は親というだけで子どもにとって抑圧なのだ。とある友人は幼い頃から両親と仲が良かった。彼女は医学部に進学したが、どうにも苦しくなって悩んだ末に退学した。彼女は紆余曲折の末に本当にやりたい仕事を見つけて、今はのびのびと暮らしている。そして過去を振り返ってこんなふうに話していた。

「父親が医者だから『将来の夢はお医者さん』と子どもの頃から思ってた。自分でも気づかなかったけど、それって自分の夢じゃなく父親の夢だったんだよね」

「父親を好きだからこそ、父の期待に応えたいと無意識に思ってたんだと思う」。

親を好きだからこそ、親の望むような生き方を選んで苦しくなる人もいる。

また、親と自分を比べて苦しくなる人もいる。同性である母親は特に比較対象になりやすい。

「うちの母は料理も家事も完璧だったから、自分も母みたいにやらなきゃというプレッシャーに苦しんだ」「家事も仕事もバリバリこなす母を尊敬していたから、自分はポンコツだという劣等感に苦しんだ」など、親を好きでも嫌いでも、親子とは苦しいものなのだ。その苦しみにグラデーションとバリエーションがある、という話なのだ。親子は仲良くて当然、親子だからわかり合える、みたいな幻想を捨てた方がみんなが生きやすくなるだろう。

また「親も大変だったんだろうから、自分を傷つけたことを許してあげなきゃ」と無理に思う必要はない。赤の他人からイジメやハラスメントを受けた時に「相手にも大変な事情があったのかも」なんて被害者は考えなくていいし、「だから許してあげなきゃ」なんて思う必要もない。むしろ無理にそう考えようとすると、被害を被害と認められず、回復から遠ざかってしまう。

親子の場合も、親の問題と自分の被害は分けて考えるべきだ。「親にも大変な事情があったんだろう。でも私が傷ついたことは事実だし、それについては許せない」と子どもは思っていいのだ。「過去のことは水に流して」とか言うてくる人がいるが、水に流せた方が楽なんだから、流せるものならとっくに流している。流したくても流せないからつらいのだし、今もつらいのだから「過去のこと」になっていないのだ。

自分の傷つきやつらさを認めること、ありのままの感情を肯定すること、それが回復の第一歩になる。

「親もつらかったんじゃない？」「育児が大変で追いつめられていたのかも」と親サイドに寄り添う人もいる。でも幼い子どもはどれだけ追いつめられても、親から逃げられない。親は子どもにとって絶対的な権力者なのだ。親子は圧倒的な力関係があるのに、その非対称性を無視するのはおかしい。

その一方で「育児ってマジ大変すぎるよな」「私が親だったら子どもにブチギレまくるよな」と思う。子育て中の友人たちを見ていると「日本で子を産み育てるのは無理ゲーすぎる」「非課税で各世帯に2億円ぐらい配るべきじゃないか」と思う。私なんて二匹の猫にすら「ケンカするんやったら離れときなさい‼」とたまにキレてしまって「私って毒親かしら……」と落ち込むのだ。一日の半分は寝ていて、学校も塾も習い事も宿題も七五三もない猫にすら。ちなみに短毛猫なので風呂も必要ない。グルーミングして清潔さを保つなんて、風呂をサボりがちな私より偉いやないか。

子育て中の友人たちは「子どもにキレちゃって落ち込むんだよね、自分は毒親なのかなって思う」と話してくれるが、どうかそんなふうに思わないでほしい。たまにカミナリを落とすのは〝毒親〟ではない。毒親フレンズは大体いつも親に怯えて、親の顔色をうかがって育っている。親にワガママを言えることが、子どもが親を信用して安心している証拠なのだ。また「自分は毒親なのかな」と疑う時点で、だいじょーVである。どこに出しても恥ずかしくない毒親ほど、自分が毒親だと死んでも認めないから。

ちなみにうちの猫は私がキレてもどこ吹く風で、平気で顔とか踏んでくる。片方は9キロあるので窒息しそうになるが、顔を踏まれながら「よかった、毒親じゃないわ」とほっとしている。

「**毒親の呪いから解放されるまで　フェミニズム編**」で書いたように、私の母はジェンダーの呪いに殺されたのだと思う。でも母に呪いをかけたのは私じゃないので、私が犠牲になるのは筋違いだ。ただ「なんでうちの母親はこうなの!? キエー!!」と思っていたのが、フェミニズムを知って答え合わせができてスッキリした。

母にされたことは許せないけど、憎しみや苦しみは軽くなった。私は母を嫌いだからこそ「母みたいな女になりたくない」と思えたし、そう思わなければフェミニズムに興味を持たなかったかもしれない。

母は本を読まない人だったので、実家に本棚はなかったし、絵本を読み聞かせてもらった記憶もない。私はいつも図書館で本を借りて読んでいた。そのうち自分でも物語を書くようになり、小学校の卒アルには「将来はアガサ・クリスティみたいな作家になる」と書いている。アガサ・クリスティには1ミリもかすってないが、一応作家にはなった。だから今は母に感謝している、なんていう気はビタイチないけど、反面教師としての実力はピカイチだった。

反面教師で言うと、母はものを捨てられない民だったせいか、私はバカスカ捨てまくる民になった。必要な書類とかも捨ててしまうので困っている。母が遺体で発見された部屋はものが溢れていて、片付けが大変だった。遺品整理はただでさえしんどい作業である。押し入れには謎の木箱とかあって「敵将の首とか入ってたらどうしよう」と怖かったし、子どもの頃の私が母に書いた手紙や家族写真とか出てきてつらかった。嫌なことばかりじゃなく、いい思い出もあるから余計につらいのだ。

母親に思い入れのない私ですらしんどかったのだから、思い入れのある人は相当しんどいと思う。だから親を好きでも嫌いでも、親が死んだ時に助け合えるフレンズはいた方がいい。互助会的に助け合える友人がいれば、親ガチャがハズレでもなんとかなる。そして親ガチャがハズレでもアタリでも、人それぞれ違うつらさや呪いを抱えている。

次回からは恋愛や出産の呪いについて書きます。

15 出産の呪いで生きづらいあなたへ

今回は出産の呪いで生きづらさを感じる人に向けて書きたい。「女は子どもを産むべき」というジェンダーの呪いは未だに根強い。「女には母性があるんだから、子どもを欲しいと思って当然」「子を産み育てるのが女の幸せ」。そんな呪いがはびこる世界で、私は選択的子ナシとして生きていて、子どもを産まなかった後悔や罪悪感はゼロである。

それは私がフェミニストだからだと思う。30年前に田嶋陽子さんが書いた『愛という名の支配』には、次のような文章がある。

『「母性」は、甲板の上にいる男たちが船底の女たちに容認した唯一の権利であり、また、男社会が女に与えた唯一の権力でもあったということです。女がほかの権利や権力を主張したら、かならず頭をたたかれました。逆から言えば、男社会に連れてこられた女たちは、「母性」にすがって自己の存在価値を主張する以外、なにも存在理由がなかったのです。女たちがこれまで「母性」にすがりついてきたのもそのせいです。

ですから、いわゆるカッコつき「母性」というのは、制度化された女の権力と言えます。その範囲でなら女は十二分に力を発揮せよと、男社会からお墨つきをもらっているんですね。そこに女の力がすべて押しこめられてしまったとも言えます』

『これまでの男社会では、女の人は自分がなんとかサバイブする（生き残る）ために、男社会の価値観をそっくりとりこんで内面化していくしかなかった。というか、必死で生きようとする女ほど、賢い女とか、よくできた人ねと言われるように、男のものの考え方を学んで、それを自分のものにしてきた。それが知的なことだと思わされてきたのです。男社会の優等生たち、いわゆる良妻賢母と称される人たちはみんなそうです。女は男社会に順応し、その価値観を受け入れて、みんなその価値観の代理執行人になっていく』（新潮文庫版より）

田嶋先生、尊い（合掌）。

つまり「子を産み育てるのが女の幸せ」と洗脳した方が、男社会にとって都合がいいのだ。こうした呪いのからくりがわかると「そんなもんに騙されてたまるかよ！」という気分になる。

フェミニズムを摂取して血中フェミ濃度を高めると、ジェンダーの呪いが軽くなるのでおすすめだ。かつ、ジェンダーの話ができるフェミ友を作るともっといい。「女は子どもを産むべき、それが女の幸せ!!」とか言うてくるフェミニストはまずいないから。「女は子どもを産むべき」とか言うてくる人は、バウンダリー（境界線）がわかっていない。自分と他人は別の人間なのだ。人それぞれ考え方や事情があるし、それをいちいち話したくない場合も多い。

恋愛結婚出産は個人のプライバシーであって、他人が土足で踏み入るべきじゃない。なので「子どもを産むべき」的な発言をされたら「私は女として何か欠けているのかな」と悩むんじゃなく「この人は人としてデリカシーが欠けているな」と思おう。

子持ちの女性の中には、子どもを産まない女性を見ると、自分の人生を否定されたように感じる人もいる。日本は同調圧力の強い社会なので、「みんな同じが当たり前」と刷り込まれている人が多い。そういう人は自分と違う選択をした人を見ると、自分の選択を否定されたと勝手に誤解して、不安になるのだろう。フェミニズムは「みんな違って当たり前」が当たり前の社会、みんながそれぞれ自由に選択できる社会、誰も排除されずに共生できる社会を目指すものだ。みんな同じじゃないと不安になる人こそ、フェミニズムを学んで、不安から解放されてほしい。

同世代の女友達は「子どもの頃から子どもを欲しいと思ったことが一度もない」と話していた。彼女は男いらずの完全生命体タイプで、シングルで快適に暮らしている。この彼女のようにスパーンと言い切れる人は少ない。「絶対欲しいともと言えないし、絶対欲しくないとも言えない」という人が多数派なんじゃないか。

特に30代の女性は、産むか産まないか問題に悩む人が多い。そもそも30代は全

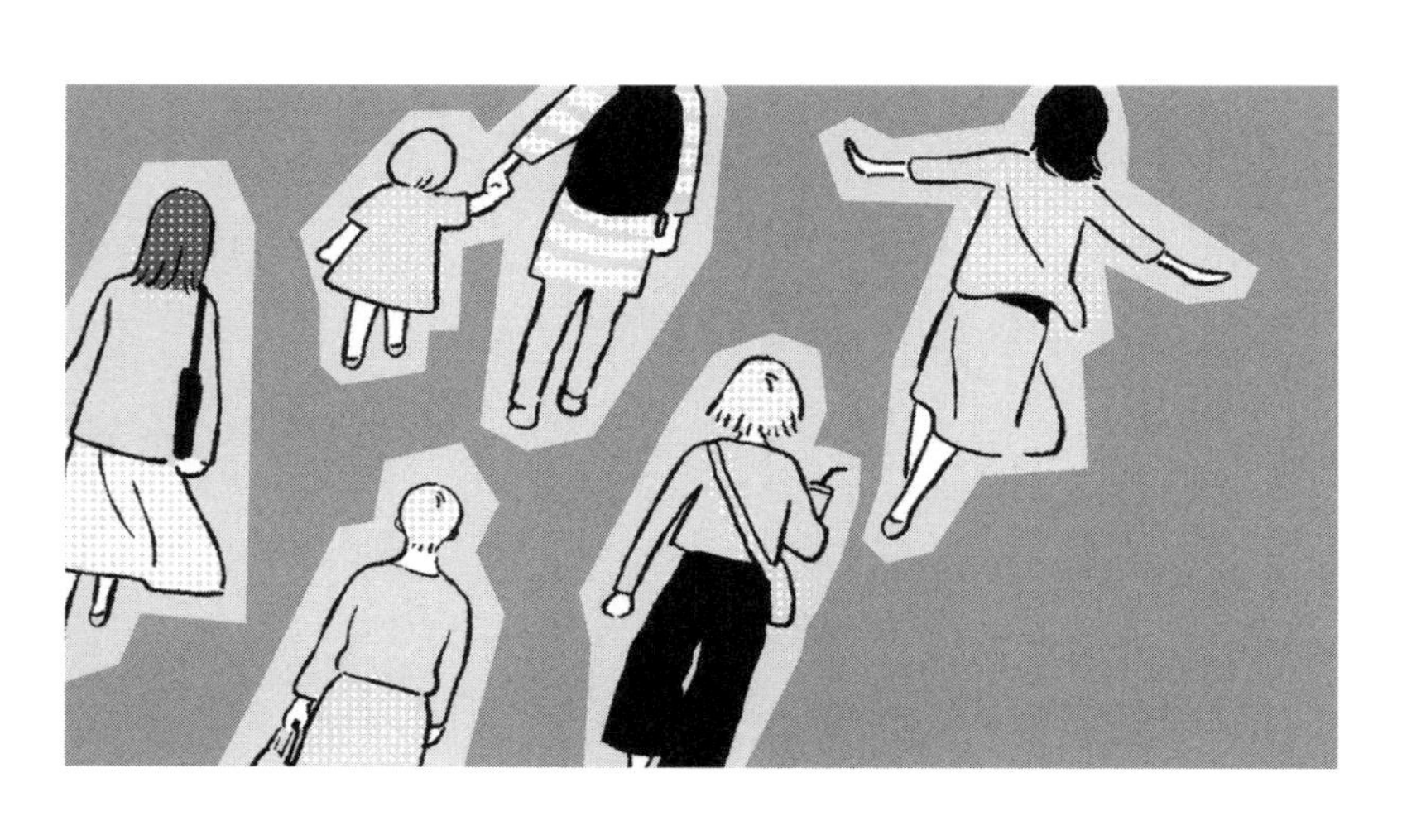

方位に悩めるお年頃だが、出産については肉体的な期限があることが大きいだろう。もし自分の子を産みたいのであれば、産めるうちに判断しないといけない。恋愛や結婚は何歳になってもできるが、出産はそうじゃない。取り返しのつかない選択を間違えたくない、という気持ちはよくわかる。

同世代の子ナシの友人たちは「正直（ほぼ）妊娠不可能な年齢になって楽になった。もう産むか産まないか悩まずにすむし、周りもゴチャゴチャ言ってこないから」「産まない人生という方向が決まると、現在と未来をどう充実させるかに集中できるようになった」と語る。

この言葉に全力で膝パーカッションだ。この私ですら、出産についてはうっすら迷いがあったから。私の場合、夫に出会って「自分は子どもを欲しくない」と気づいた。毒親育ちの私は「家族」が欲しくてたまらなかった。そして、いつか自分も子どもを産むのかな？ と思っていた。

この「家族」に子どもも含まれていたのは、「両親と子どもがいて家族」というイメージを刷り込まれていたからだろう。でも夫に出会って「あ、違ったわ。私が欲しいのはパートナーであって、子どもは欲しくないんだ」と気づいた。夫も子どもを望んでいなかったので、我々は子どもを持たない人生を選んだ。これは我々二人の選択であって、もちろん他人に勧める気も押しつける気も一切ない。

拙著『**離婚しそうな私が結婚を続けている29の理由**』に書いたように、40歳の時に子宮全摘手術を受けた。私はエモさに欠ける性格なので、「さらば〜子宮よ〜」みたいな感傷はゼロだったし、一刻も早く子宮とおさらばして生理の苦しみから解放されたかった。それでも40歳まで先延ばしにしたのは「もし万一、子どもを欲しくなったらどうしよう？」という不安があったからだ。もし万一、雷に打たれるとか神社の階段から落ちるとかして、子どもを欲しくなったらどうしよう。その時に子宮とるんじゃなかったと後悔するのはイヤだし……と思っていたが「いや、べつにその時は自分が産んだ子じゃなくていいや」と気づいた。

私は血のつながりに興味がないし、むしろ血がつながってるからややこしいという意見だ。遺伝子を残したいと思ったことも一度もないし、私と夫も生物学上は赤の他人だし、子どももそれで全然オッケー。もし万一子どもを欲しくなったら、養子を検討すればいいのでは？

夫にその話をすると「もし養子を迎えるなら、アフリカやブラジルから迎えたい」と言うので「それはマドンナとかアンジェリーナ・ジョリーじゃないと無理じゃないか？」と答えた。

ちなみに養子や里親については、こちらに詳しく載っている。

「**フォスタリングマーク・プロジェクト**」

https://fosteringmark.com/recommend/keep/

このサイトによると、法的にも家族となることを目指す「養子縁組里親」や「親族里親」以外にも、「養育里親」や「専門里親」といった形もあるそうだ。『施設で暮らす子どもたちを数日間預かるボランティアの家庭を「季節里親」や「週末里親」と呼んだり、子どものショートステイを支える家庭を「ショートステイ里親」と呼んだりして、子どもたちの家庭的な体験を促す取り組みをしている自治体もあります』『現実に子どもの養育と生計維持が可能であること、さらに子どもの養育に関する知識・経験を有するなど、子どもを適切に養育できることが要件となります。その要件を備えていれば、単身者でも可能です』『里親を必要としている子どもたちやその家族は、頼りになる大人とのつながりが少ないのが現状です。子どもたちのために、多くの人たちが、少しずつでいいので、支えていく必要があります。みんなで少しずつ、そして互いに協力しながら子どもたちの家庭養育を支えていくこと。それがこれからの里親養育に求められていきます』

自分が子どもを産まなくても、子どもに関わって支えていく方法はある。私の場合は仁藤夢乃さんのColaboなど、困難な状況にいる子どもたちへの支援を続けている。また中高生向けのジェンダーの授業などは、ギャラが安くても基本受けるようにしている。「子どもの権利を守ろう」「子育てしやすい社会にしよう」といった発信も続けている。

日常生活では、ベビーカーのお母さんがいたら「手伝いましょうか?」と声をかけるし、電車で赤ちゃんが泣いていたら笑顔で手を振って「大丈夫ですよ」とアピールをしている。こうした周囲の小さな行動によって、子育てしやすい社会に変えていけると思うから。

それでも「あなたのように産まない女がいるから少子化が進む」とか未だに言うてくる奴がいて、しばいたろかと思う。そういう人には「病気で子宮をとったんですよ、とった子宮見ます?」とグロ画像を見せたろかと思うが、優しいので言葉でバチボコに言い返している。言い返す言葉のバリエーションは拙著『**モヤる言葉、ヤバイ人**』にみっしり書いたので、参考にしてほしい。

「子どもだけでも産んでおいたら」「産まないと後悔するよ」と余計なお世話オブザデッドな発言をしてくる人にビシッと言い返すと、スッキリして心がちょっと軽くなる。立場的にビシッと言い返せない相手には「えっ大丈夫ですか？ 今そういうこと言うとセクハラで訴えられちゃいますよ？」と心配するフリをして、後ほど人事やコンプライアンス室にチクるのがおすすめだ。

私が選択的子ナシを表明するのは「子どもを産まない選択を批判する方がおかしい」という意見だから。選択的子ナシを表明すると「産みたくても産めない人もいるのに」と批判してくる人がいる。「産みたくても産めない人もいるのに、産まないなんておかしい」と批判する人は「女は子どもを産むのが自然、産まないのは不自然」と考えており、その価値観こそが産みたくても産めない人を苦しめている。

私は子どもを授からなかった方から「子どもがいなくても楽しそうなアルさん夫婦の姿が励みになった」と感想をよくいただく。だからこそ、己のスタンスを明確にしたいと思う。なにより私はジェンダーの呪いを滅ぼしたいガチ勢である。

「女は子どもを産むべき」という呪いは「子育ては女の仕事」「母親は子どもの

ために犠牲になるべき」という呪いにもつながっていて、ワンオペ育児、待機児童問題、マタハラやマミートラック、男性育休の取りづらさ、男女の雇用や賃金格差、女性管理職や女性政治家の少なさにもつながっていて、その結果ジェンダーギャップ解消が進まないナウ。というように、全部つながっているのだ。この呪いのループが見えてくると「我々の世代で断ち切ってやる！」と強い気持ちになれる。

また私は子宮をとって健康になり幸福度が爆上がりしたが、「子宮をとると女じゃなくなる」的な呪いから手術を拒み続けて、症状が悪化する患者さんもいるそうだ。その根底にも「女は子どもを産むべき」「妊娠出産こそが女の価値」という呪いが存在する。私は「女性として子宮を失うのはつらいだろう」とか言うてくるおじさんに「それ盲腸とった人にも言います？」と返す。それでも「やっぱり女性としては……」としつこい奴には「ちなみに子宮をとってもおりものは出ますよ、膣の鼻くそみたいなものなんでおりものは!!」と返すと、相手はギャフンとなる。中高年はぴえんじゃなくギャフンだ。

もし私が陰陽師であれば、九字の呪文を唱えて呪いを滅ぼせる。でも私は陰陽師じゃないし中年なので呪文も覚えられないし、飛行石も持っていない。だからみんなで力を合わせて、ジェンダーの呪いを滅ぼそう。そして産みたい人が好きなだけ産めて、産まない人が責められない社会にしよう。

次回は、恋愛の呪いで生きづらさを感じる人に向けて書きます。

16

恋愛に興味がない私はおかしいの？

「恋愛に興味がないし、恋愛感情がよくわからない。こんな私はおかしいんでしょうか？」。そんな相談を読者の方からよくもらう。

誰かのことを人として好きだな、素敵だなと思うことはあるけど、付き合いたいとかセックスしたいとは思わない。むしろ恋愛感情を向けられると、苦しいと感じてしまう。他人の恋バナを聞いても共感できない。こんな私は欠陥があるんでしょうか？　みたいな話を聞いた時に「それはまだ好きになれる人に出会ってないだけ」「いつかあなたも恋をするから大丈夫」とか、適当なことを言うのはやめよう。それは「いつかあなたも〝普通〟になれるから大丈夫」と言ってるようなもので、「人は恋愛するのが自然、恋愛しないのは不自然」という押しつけが、相手を苦しくさせているのだ。

なんて偉そうに言える立場かYO！　とセルフツッコミが止まらない。かつての私は職場で後輩女子に「彼氏できた？」「どんな男子が好み？」とか平気で聞いていた。世の中には多様なセクシャリティの人がいて、目の前の相手も性的マイノリティかもしれない、と想像できるだけの知識がなかった。そんな過去を反省して、ジェンダーやセクシャリティについて学ぶ初老の日々である。

今は中高生の方がSOGIについて授業で学んでいるんじゃないか。

SOGIとは性的指向（sexual orientation）と性自認（gender identity）であり、ソジハラとは性的指向や性自認に関する差別的言動、暴力、いじめなどを指す。

「おまえらホモかよ（笑）」「レズと間違われちゃう（笑）」など、発言する側は冗談のつもりでも、その言葉を聞いて傷つく人がいる。ホモ・レズ・オカマ・オネエ・オナベ・ニューハーフといった言葉を聞くだけでも傷つく人がいることを忘れずにいよう。

今の私には、性的マイノリティ当事者として話を聞かせてくれる友人たちがいる。アセクシャルを自認する友人は「アセクシャルという言葉を知って、自分みたいな人が他にもいるんだと安心しました。ネットで仲間を見つけてつながれたこともよかったです」と話していた（アセクシャルとは、他者に対して恋愛感情や性的欲求を抱かないセクシャリティのこと。他者に対して性的欲求を抱かない人を「アセクシャル」、他者に対して恋愛感情を抱かない人を「アロマンティック」と呼ぶこともある）。

当事者から話を聞くと「恋愛感情がわからないなんて気のせいでは？ まだ好きになれる人に出会ってないだけでは？」と本人が誰よりも一番考えているのだ。「だって〝普通〟になれるものならなりたいから。その方がどう考えても生きるのが楽じゃないですか。でも、どうやってもわからないものはわからない。自分はこういう人間なんだ、と認めることで楽になりました」

そんな友人たちの気持ちを想像はできる。私も自分の親は〝普通〟だと思いたかった。でもどうやっても親を好きになれなくて、親といると苦しくてしかたなくて、自分の親は毒親だと認めることで生きやすくなった。

属性や立場が違う人の苦しみを「感覚」としてわかるのは無理でも、想像することはできる。相手を傷つけないために努力することもできる。

「自分がアセクシャルかどうかはわからないけど、恋人が欲しいと思ったことがない」「試しに何度か恋愛やセックスをしてみたけど、やっぱり興味を持てなかった」「こんな自分はどこか欠けているんでしょうか?」そんな相談をいただくこともある。


初老の思い出話をすると、私の若い時分は「恋愛せざるは人にあらず」という恋愛至上主義が強かった。また「やらずにハタチを超すのはダサい(やらハタ)」という言葉もあった。メディアはモテブームを煽っていて、たいそうダルい時代だったのじゃよ。

一方、いまやモテはオワコンと化し、「恋愛するもしないも個人の自由」という時代になった。「恋愛・結婚調査2021(リクルートブライダル総研調べ)」によると、20~40代未婚男女のうち、恋人がいる人の割合は33・4%、恋人がい

ない人の割合は66・6％になり、そのうち交際経験のない人は28・6％。男女別で見ると、交際経験がない男性は32・9％、女性は23・1％である。今の時代、恋愛経験がないのは特に珍しいことではない。にもかかわらず、いまだに恋愛至上主義の燃えカスみたいな人々がいて超ダルい。

たとえば、恋愛ゲームにハマる人に「なんで自分は恋愛しないの？」と聞いたり、男性アイドルを推す人に「現実に彼氏作ればいいのに」と言ったり、そんなのは余計なお世話オブザデッドだ。

サッカーを見るのが好きな人に「な

んで自分はサッカーしないの？」とは聞かないだろう。「恋愛はするものじゃなく、見るもの」という人は大勢いるし、それを他人がとやかく言う方がおかしい。恋愛するのが普通、人数が多い方が正しい、みんな普通になれ……そんな同調圧力の強い社会は生きづらい。

「みんな違って当たり前」が当たり前の社会、誰も排除されない、みんなが共生できる社会を目指すのがフェミニズムだ（大事なことなので何度も言う）。

私は初老のフェミニストであるが、若い時分はビッチであった。メンタルが不安定で男やセックスに依存していた私は、「男もセックスも必要ない」という完全生命体タイプの友人が羨ましかった。私からすると「欠けている」のはむしろ自分の方だった。しかし彼女らは彼女らで「自分は人として経験値が低いのでは？」と悩んだりしていた。これも「恋愛やセックスの経験が多い方が上」という恋愛至上主義の呪いだろう。

黒歴史の黒さに自信のある私は、声を大にして言いたい。「やらずに後悔するより、やって後悔した方がいい」とか言うけど、やらない方がよかったことなどナンボでもある。「あれは経験してよかったな」という恋愛もあるが、「あんなゴミみたいな恋愛、マジでやめときゃよかった」と後悔している恋愛の方が多い。あの無駄な時間と労力を別のことに割いていれば、今ごろ七ヵ国語ぐらい話せたんじゃないか。

「恋愛しないと本物の大人になれないよ」とか言う人は、恋愛を特別視しすぎである。というか、おじさんの白昼夢みたいで気持ち悪い。この手の発言をする人は、自分の武勇伝を語りたいだけだったりする。もしくは単に口説きたいだけか。そんなの相手する方が時間の無駄なので「無駄無駄無駄無駄無駄ッ」と華麗にスルーしよう。

物書きや役者の友人たちも、表現の幅を広げるために恋愛しろだのセックスしろだの言われるそうだ。「恋愛やセックスをしなきゃ良い作品は作れない」とドヤる人には「それ宮沢賢治に言うか？」と聞きたい。そんなクソバイスをする側が、己のアップデートできなさ加減を自覚するべきだろう。元号が平成どころか令和に変わったことに気づくべきだ。

恋愛もセックスも結婚も出産も個人の自由であり、他人が口出しすることじゃない。人にはさまざまな事情や生き方やセクシャリティがあり、それを他人に話したくないことも多い。


私自身は過去を振り返って「恋愛感情の源は、性欲だったなあ」と実感している。20代の頃はタッパに分けておすそわけしたいぐらい性欲が余っていたが、今は逆さに吊るしても出てこない。性欲がなくなると恋愛に興味がなくなったし、「男にモテたい」みたいな欲求もゼロになった。

生まれつき食欲旺盛な人もいれば食の細い人もいるように、性欲も人それぞれ。ちなみに食べなくても寝なくても死ぬけどセックスしなくても死なないので、私は性欲本能説には懐疑的である。

「男には子孫を残したい本能がー」とか言うおじさんには「だったら子どもが生まれて子育てするところまでやれ」と返そう。「男には狩猟本能がー」とか言うおじさんには「だったら狩猟免許を取って山に行け」と返そう。

以前、読者の方からこんなお便りをいただいた（掲載了承済み）。『私はアルさんのコラムを読むまで、アセクシャルという存在を知りませんでした。少し前に、娘から自分はアセクシャルだと打ち明けられました。もしコラムを読んでいなければ「まだ好きになれる人に出会ってないだけ」と返してしまったと思います。娘が話してくれて本当によかったです。じゃないと、知らないうちに彼女を傷つけてしまったと思うので。私は娘に「話してくれてありがとう」と言いました。そして、とにかくあなたが幸せであればいい、結婚してほしいとか子どもを産んでほしいとか思わない、あなたが自分らしく生きられるようにサポートするよ、と伝えました』

これを読んで「なんちゅうええ親御さんや……」と毒親育ちの全俺が涙した。こういう親御さんだから、娘さんも信頼してカムアウトできたのだろう。アル天丸もかくありたい。

ゴミみたいな恋愛をしてきたアル天丸は、夫と友情結婚のような形で結婚した。夫に対して股間のセンサーはぴくともせず「この人とセックスできんのかな？」「シックスナインとか絶対無理やな」と思っていたけど、試しに付き合ってみたら「人」として大好きになった。夫も私を「女」じゃなく「人」として尊重してくれたので、家族になろうと決めたのだ。

そこから17年、今も気の合う相棒として暮らしている。意外なことに、夫に対して「あれ？なんかカッコいいかも……トゥンク」とときめくこともある。恋愛感情は冷めるけど、友情は冷めない。恋愛よりも友情推しの私には、この形が合っていたのだろう。

幸せの形は人それぞれ。お互いどこか欠けていても、割れ鍋に綴じ蓋でピッタリ合えばいい。「みんな違って当たり前」が当たり前の社会で、みんなが自分の幸せを見つけられるといいなと思う。

17
男性が苦手、性的なことが苦手で生きづらい

男性が苦手、または性的なことが苦手で生きづらい。そんな悩みを読者の女性からよくもらう。「自分は男性恐怖症／性嫌悪症だと思う」と書いている人も多い。その中には子どもの頃に男子からいじめられた人もいるし、父親から暴力を振るわれた人もいる。

一番多いのは、幼い頃になんらかの性被害に遭った人だ。「小学生の時に図書館で痴漢に遭ったせいで、男性と二人きりになるのが怖い」「中学生の時に路上で男に抱きつかれて、今でも男性に近づかれるとパニックになる」

そんな悩みがどんどこ寄せられるのがつらい。さらにつらいのは、彼女らが「たかが痴漢ぐらいで過剰反応ですけど……」と書いていることだ。

「性被害に遭ったことがあるか？」という質問に「痴漢も性被害に入ります

か？」と返す女性は多いという。バナナもおやつに入りますか？ みたいな返しをしてしまうのは、社会のせいだ。性被害を軽視する社会に生まれて「たかが痴漢ぐらいで大げさに騒ぐな」と刷り込まれてきたからだ。

性暴力は心に深い傷を残す。性被害にあって外出できなくなる人、通学や通勤ができなくなる人、鬱になる人、命を絶ってしまう人もいる。『失敗しないためのジェンダー表現ガイドブック』から一部を引用する。

『性暴力被害による精神的な影響は大きく、多岐にわたります（略）。それを示すデータの一つが、PTSD（心的外傷後ストレス障害）の発症率の高さです。PTSDは、生死に関わるような危険に直面したり、そうした現場を目撃したりして、強い恐怖を感じるトラウマ体験をしたときに現れます。一定期間たった後もその記憶が自分の意思と関係なく思い出されたり、つらさのあまり現実感がなくなったりします。特定の症状が残り、大きな苦痛をもたらして社会的機能をさまたげているような状態です。

（略）米国の調査（95年）によれば、レイプされた人がその後PTSDを発症した割合は女性45・9%で、身体的暴行(21・3%)、自然災害や火事(5・4%)などの出来事よりも高くなっています。男性にいたっては65%と突出して高く、戦闘体験(38・8%)を上回ります』

性被害に遭った影響で、男性や性的なことが苦手になるのは自然な反応なのだ。犬に噛まれて大ケガした人は、犬が怖くなって当然だろう。「すべての犬が噛むわけじゃない」と頭ではわかっていても、反射的に不安や恐怖を感じるだろう。

トラウマの影響の出方はさまざまである。「男性に近づかれるとパニックになる」「職場で普通に話すのは平気だけど、男性と2人きりになると怖い」「普通に話すのは平気だけど、体に触られると怖い」「男性から好意や性欲を向けられると怖い」等など、いろんなパターンがある。

トラウマの影響で性的なことを避けるようになる人がいる一方、「トラウマの再演」といって、自らの性を軽んじるような行動、過剰な性行動を繰り返す人もいるという。無鉄砲ビッチだった私もひょっとして？　と思い当たるふしがある。興味がある方は「トラウマの再演」で調べてみてほしい。

こうしたトラウマからの回復には、適切なケアを受けられたかどうかが鍵になる。トラウマ治療の本にも「トラウマ体験後に支えてくれる味方がいたか？一人で抱えなければならなかったか？がもっとも大きな影響を与える」と書いている。

たとえば、事故に遭って大ケガしたのに「こんなの大したことない」と無理をすると、傷は治らないどころか悪化してしまう。心の傷も同様、適切なケアが必要なのだ。自分もケアが必要かも？と思う方は、性被害者のためのカウンセリングを検討してほしい。

こちらのサイトには性被害に関する相談機関が載っているので、参考にしてほしい。

「性暴力・性犯罪に関するリンク集」 https://meandyou.net/links/sexualviolence/

「男性や性的なことが苦手だけど、信頼できるパートナーがほしい」という相談もよくもらう。また、同じような悩みを抱えながら、良きパートナーに恵まれた

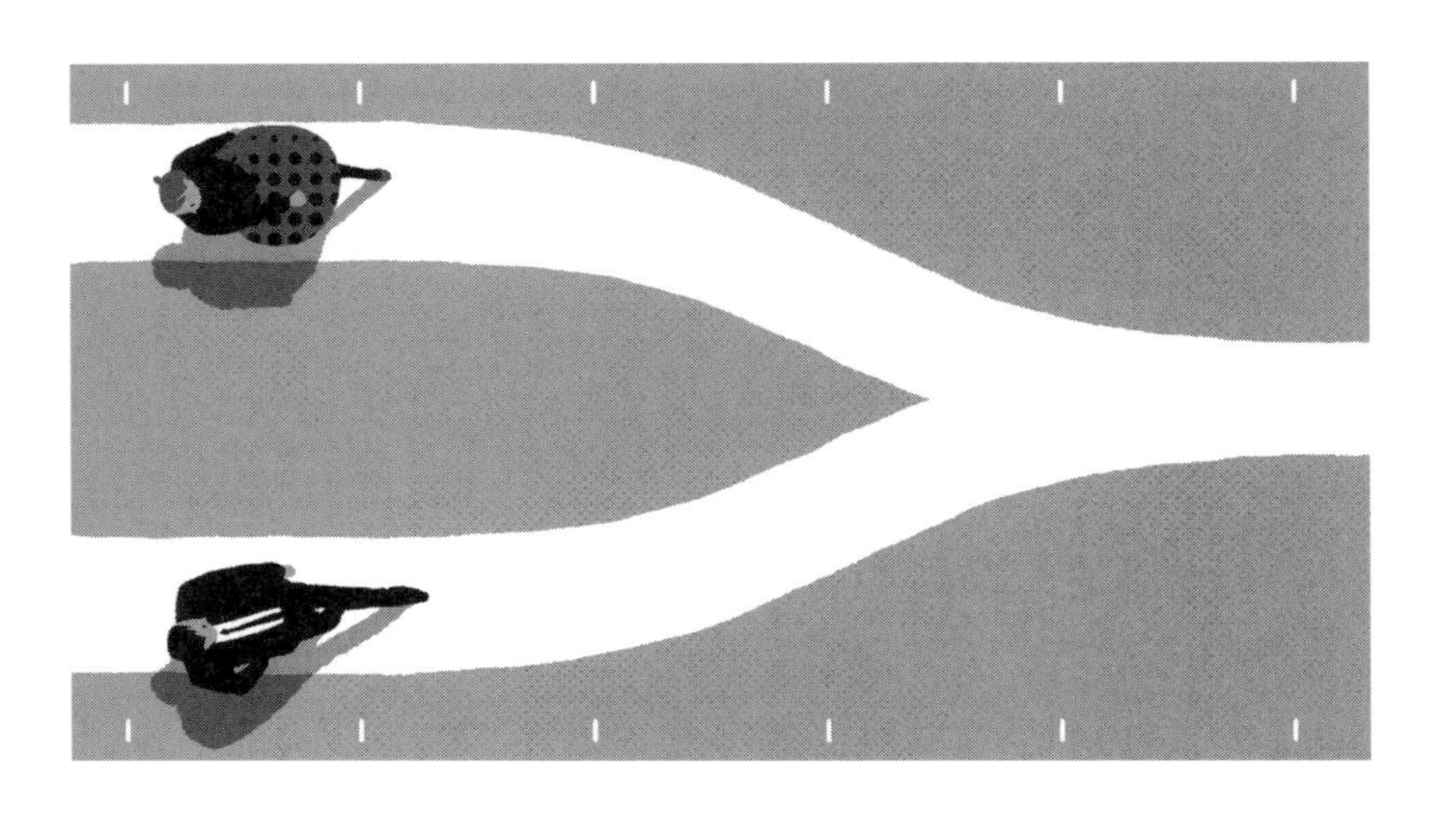

経験者の話もよく聞かせてもらう。
彼女らは「まずはなるべく安心できる場所でリハビリして、男性と接することに慣れていった」と振り返る。「女友達に誘われてボランティアサークルに入りました。そこは穏やかで真面目な男性が多くて、はじめて男友達ができきました。その中の一人とお付き合いして、結婚に至りました」といった報告も寄せられる。
経験者いわく、男性と付き合うことになった場合、相手が自分のペースに合わせてくれるか？が鍵だという。また自分はこういうことが苦手だ、と説明することも大切なんだとか。

たとえば手や肩などに触られたり、体の距離を縮められるのが苦手な場合、無理して合わせるのはしんどい。でも避けるような態度をとると「嫌われてるのかな」と相手は不安になってしまう。だから「自分はこういうことが苦手だ」と説明して、理解してもらうことが大切だという。そこで自分が話したいと思って、相手も理解してくれそうだと思ったら「過去にこういう経験をして……」と説明するのもいいだろう。

とはいえ、過去の性被害を語るのはとてもつらい（とてもつらい）。被害がフラッシュバックしてパニック状態になってしまうこともある。なので直接言いづらい場合はLINEやメールなどで伝えるのがおすすめだ。文章にした方が言いたいことを整理して伝えられるし、相手も何度も読み返して理解を深められる。

経験者の一人はこんな話を聞かせてくれた。「彼に事情を説明して、リハビリに付き合ってもらいました。まずは政治家みたいな握手から始めて、手をつなぐ↓ハグ↓添い寝とじょじょに段階を踏んでいきました。結局、キスしてからセックスに至るまでに1年以上かかりました。私が慣れるまで待ってくれた彼に感謝です。そんな彼の態度から愛情や優しさや真剣さが伝わって、結婚しました。おかげさまで今とっても幸せです」

尊い（尊い）。

こういうノロケ話はどんどん聞かせてほしい。こんなんなんぼあってもいいですからね。こちらのペースに合わせてくれるかどうかで、相手の愛情や真剣度や人間性もわかるもの。個人的には、ガツガツ系の男性は難しいかもな〜と思う。石の裏に潜んでいるような、奥手系の男性がいいんじゃないか。

ちなみにうちのアナルガバ夫はゴリマッチョだが性欲薄夫で、ガツガツ感が皆無だった。付き合って半年ほどたった時、私から「そろそろどうだい？」と迫ったら「早すぎない？」と返されたので「ちゃんと大切にするから」と説得してさせてもらった。

私は体目的の詐欺系ヤリチンにさんざんな目に遭ってきたので、体を求めてこない夫といると安心できた。結果的に過去の傷つきが癒やされたので、夫婦はマッチングですなあ……と実感している。

「夫婦ともに性的なことが苦手なので、一度もセックスしたことがありません」という夫婦を何組か知っている。カップルの形は人それぞれ。体以外でつながっている夫婦は精神的なつながりが深くて、家庭円満なケースが多い。双方が納得していれば、セックスしようがしまいが自由であり、他人が口出しすることじゃない。「夫婦はセックスするべき」と押しつける連中には「滅!!」と唱えて、木魚で頭をカチ割るのがおすすめだ。

書きながら木魚が欲しくなってアマゾンで調べたら、バチと布団の3点セットが1429円で売っていた。木魚を欲しい物リストに保存しながら続けると、以前、20代の女性読者からこんな話を聞かせてもらった。

彼女は特に思い当たる理由はないけど、子どもの頃から性的なことが苦手だったそうだ。「下ネタを聞くのも恥ずかしい」そうで、そんな方が私のコラムを読んでくれるなんて……と感動した。友達から交際に発展した彼氏は愛情深く優しい人で、彼女の心の準備が整うまで待ってくれた。

だがいざセックス解禁すると、ガツガツと勢いよく来られて白目になった。彼のことは大好きなのに、彼とセックスするのが苦痛で悩んでいる。と相談をいただいて、私は彼に素直な気持ちを伝えることを提案した。

その後、彼女は勇気を出して彼に気持ちを伝えた。すると彼は真剣に耳を傾けて「今までごめんね、話してくれてありがとう」と言ってくれたという。そして彼女のペースに合わせて、彼女の負担にならないように、ゆっくりと丁寧にことを進めてくれた。

そんな彼に対して信頼と愛情が深まり、「初めて幸せな気持ちでセックスできました。セックスっていいものだな、と素直に思えるようになりました」と彼女は語ってくれた。その言葉に「世の中、捨てたもんじゃねえな」と全アルテイシアが号泣した。女性を傷つけるクソバカ野郎もいるが、信頼できる優しい男性もいる。そのことを傷ついた女性たちが実感できる機会があればいいなと思う。

次回は「過去の恋愛で傷ついて生きづらい」というテーマで書きます。

18 過去の恋愛で傷ついて生きづらいあなたへ

「過去の恋愛で傷ついて生きづらい」

「幸せな恋愛をしたいのに、ダメな男に引っかかってしまう」

そんな悩みを読者の女性からよくもらう。だめんず好きという言葉があるが、だめんずとわかって好きになるわけじゃない。"だめんずの道はモラに通ず"というこわざがあるように（私が作った）、パートナーを尊重しない人間はモラハラ要素を持っている。

モラハラ要素のある男（以下、モラ男）は豹変系が多いのだ。DV事件が起こった時も「まさかあの人が？」「優しそうなご主人でしたよ」と近所の人が語るように、モラ男は外面がいい。はじめは理想の彼氏のように振る舞って、相手が完全に手に入ったと確信したとたん、本性を現す。そんな騙し討ち系のモラ男が多いため、見抜くのがきわめて難しい。

モラ男の思考の根っこには、男尊女卑がある。彼らは女を対等な人間だと思っていないため、対等に尊重し合う関係を築けない。モラ男にとってパートナーは「自分が支配する所有物」であり、自分の思い通りになって当然だと思っている。そのため相手が思い通りにならないとキレて、自分の権利を奪われたと被害者ぶるのだ。

そんなモラ男に傷つけられた被害者を「なんであんな男を選んだの?」「男を見る目がなさすぎる」と責めるのはやめよう。本人が誰よりも自分を責めて、自信を失っているのだから。

傷つけられた女性たちは「自分のどこがダメなんだろう、何が悪いんだろう」と悩むが、悪いのは彼女らではない。悪い男が女の長所につけこむのだ。

悪い男が女の長所につけこむのだ。

大事なことなので二度言った。この言葉を写経して仏壇のとなりに貼ってほしい。

そもそも悪党は悪党に騙されない。騙されるのは、彼女らが心根のまっすぐないい子だから。自分が人を騙したりしないから、騙す男の手口がわからない。自分が人を傷つけたりしないから、平気で人を傷つける男の心理が理解できない。だから理不尽に傷つけられるとびっくりして「自分が悪いの？」と思ってしまう。でもそうじゃなく、悪い男が女の長所につけこむのだ（大事なことなので三度言う）。

正直さ、優しさ、寛容さ、純粋さ、我慢強さ、人を信じる心……そうした長所につけこみ、利用して搾取するのがモラ男である。彼女らは正直だからこそ、相手の言葉を信じてしまう。優しいからこそ、相手の要求に応えて尽くしてしまう。「拒絶したら相手が傷つくし可哀想」と思うから、イヤでもイヤと言えない。「自分が見捨てたら可哀想」と思うから、つらくても別れられない。寛容だから、身勝手なことをされても許してしまう。我慢強いから、限界ギリギリまで耐えてしまう。人を信じる心があるから「相手は変わってくれるかも」と期待してしまう。

それらはみんな素晴らしい長所なのだから、変える必要などない。「女の長所につけこむ男がいる」と学んで、今後注意すればいいのだ。

モラ男と付き合うと、自尊心をゴリゴリに削られる。「おまえが悪い」「おまえが間違ってる」と日常的に否定されて、自分はダメだと刷り込まれてしまう。

だから「自分の何がダメなんだろう」と欠点探しをするが、そこで視点を変えて「長所につけこまれているのでは？」と考えてほしい。そして自分が傷ついたことを認めて、自分を一番にいたわってほしい。そこで優しさを発揮して「彼のことを許さなきゃ」なんて思う必要は一切ない。理不尽に傷つけられたら許せないと思うのは、まっとうな自尊心がある証拠なのだ。ただでさえつらいのに「許せない自分はダメだ」と自分を責めて、ますますつらくなるのはやめよう。

私自身は「恨みを忘れない」が座右の銘で、自分を傷つけた男たちにせっせと生き霊を飛ばしてきた。アマゾンで藁人形の購入を検討したこともある（価格は千円程度で置き配も可能）。

しかし忘却力が自慢のＪＪなので、相手の名前を思い出せなかったりする。こ

れじゃデスノートをもらっても活用できない。
つまり相手の名前も忘れるぐらい、どうでもいい存在になっているのだ。

真の許しとは、どうでもよくなることである。
別れた直後は「全ての地獄を味わって死ね!!」とシャウトした3秒後に「やっぱり彼がいなきゃ生きていけない」とさめざめ泣くような精神状態になるが、時間がたつにつれて落ち着いてくる。そして「あいつが生きようが死のうが、どうでもいいわ」と思える時が来る。

過去の私は売るほど失恋してきたが、どんな失恋もつらかった。どんな悪い男でも良いところがあるから好きになったわけだし、良い思い出もあるからつらいのだ。

失恋すると心にぽっかりと穴が開く。その穴がふさがるまでには時間がかかるが、そんな時こそ友達の出番である。私が失恋したあと「べつに殴られたとかお金盗られたとかじゃないし……」とめそめそ泣いていたら、女友達が「ヤツはとんでもないものを傷つけた、あんたの心だ!!」と銭形警部のように怒ってくれて、ボロボロになった自尊心を回復できた。

友人たちは失恋旅行にも付き合ってくれて、旅先で朝、ひとりで海岸を歩きながら「大切に思ってくれる友達がいるのだから、私も私を大切にしなければ……彼への未練を断ち切ろう」と決意。その誓いを忘れないために、砂浜で綺麗な貝殻を拾った。その後、宿に戻って昼寝していたら「洗面所にゴミあったからほかしたで」と貝殻は捨てられていた。

友人たちは元彼に「股クサ男」「ビチグソ太郎」といったニックネームをつけ

て、悪口大会をしてくれた。そこで思いっきり呪詛(じゅそ)を吐き出したおかげで、少しずつ心が軽くなっていった。「一度は愛した人なんだから」「感謝の気持ちもあるでしょう」とか、しょうもないこと言わない友達で本当によかった。拙著『**モヤる言葉、ヤバイ人**』には、モラ男に狙われないための護身術&モラ男と別れるためのライフハックを書いているので、よかったら参考にしてほしい。

私はモラハラ沼から脱出した後、男に対する信用残高がゼロになり、恋愛に絶望していた。だからこそ「惚れたハレたはもういい、家族が欲しい」「自分を削らずにピッタリ合う、おせんべいの片割れが欲しい」と心から思えた。その結果、友情結婚のような形で夫と結婚した。もっと前に夫に出会っていれば「ビタイチ濡れない無理だな」とスルーしていただろう。

モラハラ沼から脱出した友人たちは「もっと早くフェミニズムに目覚めていれば」と語る。「たしかに豹変前は見抜けなかったかもしれない。でも豹変後は『こいつはヤベえ、男尊女卑のクソ野郎だ』『自分は男に踏みつけられていい存在じゃない』とちゃんと怒れたと思う」

「当時は私自身も『女は男に尽くすもの』『我慢の足りない女は妻失格』的な呪いを刷り込まれていた。それで限界まで耐えてしまったけど、その呪いがなければもっと早く脱出できたと思う」

彼女らの言葉に膝パーカッションしまくってクイーンのライブみたくなった。

20代の私もまだまだフェミ濃度が足りなかった。「オッス、おらフェミニスト!!」という姿勢で生きていれば、股クサ男やビチグソ太郎はそもそも近づいてこなかっただろう。こいつ支配できなさそうだし面倒くさいな、とスルーされていただろう。

周りを見ても「男尊女卑な男はお断り!!」とアピールして婚活していた女子は、パートナーと対等に尊重し合う関係を築いている。よってパートナーが欲しいけどモラハラ沼にはまりがちな人は、血中フェミ濃度を高めるのがおすすめだ。血中フェミ濃度が高まると自尊心が高まるので、「私が悪かったのかな」と自分を責めている人も「いや、どう考えてもあの男が悪くね?」と気づき、過去の恋愛を成仏させることができる。

また中年になると過去のつらい記憶も薄れるので、生きやすくなる。若い方たちはそんな加齢の恩寵を楽しみにしていてほしい。

19
40歳を過ぎたら生きるのが楽になった？

「40歳を過ぎたら肩の力が抜けて楽になった」「40代の今が人生で一番楽しい」若い頃、中年女性のこうした言葉を聞いて「ほんまかいな？」と思っていたが、いざ自分が中年になって「ほんまやったわ」と実感している。

42歳の時にJJ（熟女）ライフを綴った『**40歳を過ぎたら生きるのがラクになった**』を出版した。この本を読んだ方々から「年をとるのが不安だったけど、ちょっと楽しみになった」と感想をもらって嬉しかった。

JJになると、あらゆる面でゆるくなる。体中のパッキンがゆるむため、JJ仲間は「縄跳びしたら、びっくりするぐらい尿漏れした」と話していた。私も屁をこくと「便が漏れたんじゃ？」とドキッとする。ホワイトジーンズとか怖くてもう穿けない。

同時に精神的にもゆるくなるため、肩の力が抜けて楽になった。今の私は大抵のことは「まあいっか」ですましている。完璧主義で生きづらい人も、年をとるとちょっと楽になるので期待していてほしい。

また年齢を重ねて経験が増えるうちに、いろんなことに慣れる。若い頃は自信のなさゆえにプライドだけ高くて、自分の間違いを認められなかったし、失敗すると地獄のように落ち込んだ。でも年をとると失敗することに慣れて「そら失敗するわな、自分だもの」と思える。

「私、失敗しないので」と思っているより「私、めっちゃ失敗するんで」と思っている方が楽だし、他人の失敗にも寛容になれる。私は他人のミスにイライラしなくなって、人間関係もうまくいくようになった。

年をとると、自分のトリセツがわかってくる。おかげで失敗しないよう注意できるようになって、失敗の数も減った。かつ無駄なプライドが減ったため、人に頼れるようになった。私は苦手なことが人一倍多い人間だが「わからないから教えて」「できないから助けて」と言えるようになった。

助けを求められる能力は、人生で一番大事なものだと思う。

また年をとると「若者がみんな自分が産んだ子どもに見える現象」によって、若い子がみんなかわいく思えるようになった。


ネット上では46歳の私に対して「穴需要のないババアの嫉妬」といったクソリプを送ってくる者もいる。ババアは若い女に嫉妬するもの、女の敵は女、そんな都市伝説をいまだに信じているバカがいるが、ババアは自分が若い頃にセクハラ等で苦労したため「若い子を守りたい」と思うのだ。かつクソリプが来ても「穴需要……アナと雪の需要……レリゴ～♪」と余裕のよっちゃん（ＪＪ言葉）なのである。

昔はクソリプが来ると引きずったが、今では3分後には忘れている。クソリプを見た瞬間はムカつくが、ちょっと用事をしたりするうちに「なんやったっけ？」と記憶が消滅するのだ。記憶喪失が得意なＪＪは「今って令和何年やったっけ？」が口癖である。そのたびにググるのは不便だが、嫌な記憶を忘れるのは便利。

とはいえ、たまに記憶の蓋が開くこともある。過去のやらかしを思い出して「キエエエ〜!!」とジタバタして手足の血行が良くなるが、「まあいっか、私以外は忘れてるだろ」とすぐに正気に戻れる。

若い頃は自意識過剰だったが、年をとると自意識もゆるくなる。昔は「こんな服着てたらダサいと思われるかな」と不安になったが、今は外出しながら「服、着てたっけ?」と不安になる。うっかり全裸で公道を歩かないように注意したい。

私の場合は、40歳を過ぎてルッキズムの呪いも軽くなった。若い頃は人と比べてコンプレックスをこじらせたり、見た目の老化に怯えたりしたけれど、今は「まあ誤差だろ」と思える。

前回、JJになって性欲が激減したと書いたが、同時に男性に興味がなくなり、モテたい欲がゼロになった。「男に評価されたい」とか1ミリも思わないため、自分のためにおしゃれや運動を楽しむようになった。公園で太極拳をしているバ

バア先輩たちも「ジジイにキレイって思われたい」とかじゃなく、自分のためにやっているのだろう。

加齢とともに、美容＜＜＜＜＜健康に優先順位が変わってくる。「足が太い」よりも「ヒザが痛い」のほうが一大事だ。私も百歳まで歩けるおばあさんを目指してストレッチをしたり、骨粗しょう症予防のサプリを飲んだりしている。

私の場合、若い頃から理想のJJ像が美魔女系ではなかった。アンチエイジングに粉骨砕身する美魔女は、ストイックなアスリートみたいですごいと思う。でも自分はあんなふうになりたいとは思わない。私の理想のＪＪ像は、キラキラ系ではなくひょうきん系だった。関西出身の私は、面白くてメンタルつよつよな関西のおばちゃんに憧れていた（関西では目上の女性のことを親しみをこめて「おばちゃん」と呼ぶ）。また若く見える中年女性よりも、自分に合ったおしゃれを楽しむ中年女性をかっこいいと思っていた。

どんなＪＪになりたいか？をイメージすれば、老化の不安が減る人もいるんじゃないか。私の場合、血中フェミ濃度やジェンダー意識が高まったことで生きやすくなった。

「人を見た目で判断するルッキズムはやめよう」と思うことで、自分のことも見た目で判断しなくなった。若い頃から「女の価値は若さと美しさ」というジェンダーバイアスに「クソが」と思っていたが、「マジでクソクソのクソ、こんな呪いは滅ぼしてやる!!」とより強く思うようになった。

そんな私も35歳から40歳のプレＪＪ期は惑いがあった。老化に不慣れなため、あらゆる老化現象にいちいち戸惑ったし、若さを失う寂しさもあった。またプレ

ＪＪ期は「若い女」という土俵にまだ片足載っていて、ぐらぐらと不安定な状態だった。その土俵を完全に降りると「好きにやらせろ、どすこい!!」と肝のすわったＪＪが爆誕した。

今の私はエイジズム（年齢差別）の呪いもスーパー頭突きでぶちのめせる。振り返ると、20代が一番しんどかった。セクハラのターゲットにされても敵をぶちのめす胆力がなく、笑顔でかわして心で泣いていた。

女性差別の強い国ほど若い女性の自己肯定感が低いというデータがある。女性が生きづらいのは本人じゃなく、社会や政治の責任である。20代の頃「なんだか私、若すぎる」と違和感を感じていた私は、おばさんが性に合っているのだろう。

若い時は世間や周りから「今が一番いい時だね」と言われるのもプレッシャーだった。「若いんだから、リアルを充実させなければ」と焦りや切迫感を感じていたが、リア充もいまや死語である。渋谷でハロウィンとかナイトプールでパーティーとかも「自分には関係ないわ」「疲れそうだし、それより横になりたい」と思うようになった。

ＪＪは横にならないと死ぬ生き物だ。年をとると体力が減って疲れやすくなるが、「無理をしなくなる」というメリットもある。無理をしないために工夫することで、サスティナブルな働き方が可能になる。疲れるから本当にやりたいことしかしないし、会いたい人としか会わないようになり、ストレスフリーな生き方に近づく。

興味がなかったことに興味をもつようになるのも、加齢の面白みだ。同世代の友人は「健康目的で運動するようになって、体を動かす楽しさに目覚めた」と話していた。

私はなんとびっくり、掃除に目覚めた。ＪＪはかがんで床を磨いたりすると腰が死ぬので、腰を守るために効率的な掃除のやり方を研究するうちに興味が湧いてきて、家がきれいになった。あんなに掃除が苦手だったのに、人はいくつになっても変われるものである。

そして、いくつになっても友達は作れる。年をとろうが老けようが、年齢や容姿関係なく好きになってくれる友人がいれば「自分も悪くないかも」と思える。また自分だけ老化するのは怖いが、友達もみんな一斉に老化するので、孤独じゃないのだ。「夕方になると目が見えない」「わかる！　鳥にシンパシーを感じる」とＪＪ同士で盛り上がるのは愉快である。

以前、カフェで60代ぐらいのご婦人たちが「老眼でビューラーが使いづらいから、まつエクにしたの」「そうなんだ！　私もまつエク試そうかな」とキャッキャウフフしていて、楽しそうだった。

同世代や年上の女友達がいると楽しい。かつ年下の女友達がいると、もっともっと楽しい。彼女らから若者の意見や文化を聞くのも楽しいし、アプリの使い方とか聞くと優しい孫のように教えてくれる。

私は「アルテイシアの大人の女子校」という読者コミュニティを運営していて、毎月オフ会を開いている。また定期的にハイキングや遠足に出かけて「シスターフッド最高、ワッショーイ!!」と実感している。

要するに、私は女子校が性に合っているのだ。共学の老人ホームは無理なので、老後は女たちが暮らすデンデラを作りたい。そして死んだら遺産はデンデラに寄付したい。そのためにがんばって働くぞ!! ラッセーラー!! とやる気が出る。

人生百年時代、いまやJJになってからが人生本番と言える。大人の女子校には未婚、既婚、子持ち、子ナシ、シングルマザーといろんなメンバーがいるが、寿命の長い女性は大体最後はおひとりさまになるので、みんなで一緒に年をとっていこうね、と話している。

ヘルジャパンで暮らしていると、ヘルみの深さに心が折れる。フリーランスの野良作家の吾輩は、将来不安で押し潰されそうになることもある。政治家が自己責任だの自助努力だの抜かすのを聞くと「これ以上どう努力しろと!?」と怒髪天を突き、米国のニュースで流れたように、議会に乱入して国会の廊下にうんこしたろかと思う。

でもそんな自在にうんこを出す自信はないし、私はうんこよりも言葉を使って闘いたい。小さな声が集まれば大きな声になる。その声がどんどん大きくなれば、政治家は無視できなくなる。「黙って俺に従え」系の家父長制政治に「黙ってたまるか、主権者はこっちやぞ!」と抗議の声を上げていく。そんな心意気でやっとりますが、声を上げ続けるのは疲れる。なので疲れた時は女子会でパワーを充電して、みんなでヘルジャパンを生き延びたい。

基本、生きることは面倒だし疲れるものだ。それでも生きなきゃいけないなら、支え合えるフレンズがいたほうが心強い。親がクズでも政府がゴミでも、どっこい元気に生きてやる。読者の皆さんも勝手にフレンズだと思っているので、ともにサバイブしていきまっしょい!!

対談

太田啓子

×

アルテイシア

毒親から逃げるための法律知識

毒親のことで困ったらどこに相談？

アルテイシア（以下、アル）：この対談では、友人で弁護士である太田さんに、毒親から逃げるための法律知識を教えていただきます。まず聞きたいのが、親のことで困ったときにどこに相談すればいいか。

太田啓子（以下、太田）：未成年の子どもであれば児童相談所があります。文部科学省の24時間子供SOSダイヤルというものや、各地の子どもシェルターがあります。

弁護士会がやっている無料の子どもの権利についての電話相談などもあります。成人の方も、一度は弁護士に相談して欲しいです。他人の紛争に報酬をもらって介入していいのは弁護士だけなので。

アル：児童虐待防止法のように、親から成人した子へのDV行為を保護する法律はないのでしょうか？

太田：ＤＶ防止法は配偶者間に適用されるもので、成人した子を子だという理由で親から特別に保護する法律はないんですよ。ただ、**トラブルに関する法的な扱いは親子も他人と同じなんです。**親子だから特別扱いされることはなく、親が子に暴力をふるえば暴行罪だし、子のお金を盗めば窃盗罪になります。一定の親族間では、特定の犯罪については、刑が免除されたり、被害者が告訴しないと起訴されないなど、親族間だから処罰しないという方向の特別扱い（「親族相盗例」）はありますが、弁護士に法律相談してみて欲しいです。

アル：たとえば、行政（市区町村）の女性相談員や男女共同参画センターに相談するのもアリですよね。

太田：はい。女性相談員は主にＤＶ被害女性の支援をしています。男女共同参画センターでは、弁護士やカウンセラーなど専門職による無料相談を行っている場合もあります。「〇〇市　女性相談」「〇〇市　弁護士相談」で検索すると、無料相談の案内が出てきますよ。

アル：ぜひ気軽に相談してみてください！　ただ弁護士も相談員もガチャ要素がありますよね。一発でSSRが出ることもあれば、ハズレを引くこともあるので、自分に合う人が当たるまで諦めない姿勢が大事かと。

太田：そうそう。ある程度の期間やり取りするので、合わないなら無理をせず、他の弁護士や相談員にも相談した方がいいです。2～3人の弁護士に相談してフィーリングで決める人も珍しくないですよ。

アル：地元の地方議員さんに相談するのもアリですよね。たとえば、私が東灘区ジェンダーしゃべり場を一緒にやってる議員さんたち、神戸市議の松本のり子さんや兵庫県議のきだ結さんは、DV被害者支援にも熱心に取り組んでます。夫や家族からDVを受けてる人を助けたり、生活保護申請にも同行したり。「困ってる人を助けるのが議員の仕事だから、何でも相談してください」と言ってますよ。

太田：議員さんによって考え方も知識量も全然違うので、誰に相談するか見極めが必要ですけど、頼れる議員さんがいると本当に心強いですよね。

アル：私も「こんなに親身になってくれる議員さんがいるんだ！」とびっくりしました。悪い政治家が多すぎて信用できなくなってたから（笑）。「〇〇市　議員」で検索すると、自分の住むエリアの市会議員や県会議員の連絡先が載ってるので、頼れる人を見つけて欲しいです！

親からの連絡や荷物の送りつけを拒否したい

アル：親からのＬＩＮＥや電話に悩まされる毒親フレンズは多いです。勝手にいらないものを郵送してきたりとか、ゴミを送ってきたりとか毒親あるあるですね。

太田：LINEや電話はブロックする方法もありますし、荷物も配達員さんに持って帰ってもらうことができます。スマホを2台持って1台は親専用端末にして、あまり見ないようにしている人もいます。お金はかかってしまいますけど……。

アル：つらたん（泣）。でもわかりますよ、ブロックすると家や職場に押しかけてくる毒親もいるので、ブロックしたくてもできないっていう。佐藤健のLINEみたいに自動返信してくれる機能があればいいのに（笑）。親から連絡が来ると体調不良になる人も多いので、連絡窓口を誰かに頼む方法はありませんか？

太田：**月額サブスクリプションのような形で弁護士に顧問料を払い、お守りのように間に入ってもらう方法もあります。**「弁護士が入るほど連絡を取りたくない」という意思が伝わることで、親が連絡を控えるといったメリットがある場合も。

アル：弁護士のサブスクか。でもそれってお高いんでしょう？

太田：弁護士ごと、事案ごとの判断ですけど、月に一度、電話や手紙が来る程度なら、月額1万円程度で対応しているケースもありますよ。

アル：月1万円程度ならなんとかなるかも、それで毒親と関わらずにすむのなら。弁護士が間に入ってたら、毒親もムチャできないだろうし。

太田：対応に時間がかかるようなケースでは「当面はこの費用で対応させてほしい」など相談することはありますが、弁護士への依頼料はそこまで手の届かないものではないかと。ずっと同じ対応を続ける必要もなく、しばらくして親が連絡を諦めた場合はサブスクを解約すればいいし、離婚事件など家族問題を受任している弁護士はこういった対応もできる人が多いと思います。

アル：とにかく「まずは弁護士さんに相談だ！」ですね。

親のつきまといから逃げる方法は？

アル：私は母親から1日何十回も電話がかかってきて、無視してたら職場に突撃されました。自宅や職場の近くで待ち伏せされるとか、毒親からのストーカー行為にはどう対処すればいいでしょう？

太田：相手が元配偶者や元交際相手であれば、家や職場に押しかけたり待ち伏せしたりするのは、ストーカー規制法で制限することができるんですね。
でも、同法ではつきまといが「恋愛感情その他の好意の感情又はそれが満たされなかったことに対する怨恨の感情を充足する目的」と定義されているので、親子関係ではストーカー規制法では対応できないのです……。

アル：親のつきまといで警察に接近禁止命令を出してもらうのも難しいですか？

太田：民事保全法上の接近禁止の仮処分なら、親子間でも対象です。ただ、ある程度の頻度や行為の悪質さが必要で、それなりの違法レベルに達していて、今後もする可能性が高い状況でないと通らないでしょう。

アル：たとえば過去に受けた虐待を理由に、接近禁止の仮処分を行うことはできますか？

太田：未成年の場合は親権が親にあるので、未成年者が単独で法的措置をとることはできません。未成年なら、**日本弁護士連合会のホームページに「弁護士会の子どもの人権に関する相談窓口一覧」というページがあるので、そこから近くの弁護士会の連絡先を見てみてください。**

成人の場合でも過去の虐待の証明が難しいですが、まずは弁護士に連絡してみて欲しいです。接近禁止の仮処分が難しくとも、過去にどんなことをされ、今どう困ってるのかを聞かせていただいて、どうしたら状況が良くなるかを一緒に考えたり、対応を検討したりできます。

アル：虐待を受けている人が「これは虐待である」と認識するのは困難ですよね。とりあえず録音して証拠を残しておくのは有効でしょうか？

太田：すごくいいと思います。よく聞かれますが、録音は相手の承諾を得る必要はないですし、隠して録音したものでも裁判で証拠として使えます。加害行為の直前に録音開始するのは難しいので、親が帰宅すると同時にレコーダーをＯＮにしておくといいでしょう。

アル：被害者が逃げなきゃいけないのは理不尽だけど、やっぱり自分を守るためには逃げるのがベスト、という場合が多いですよね。物理的に離れないと、冷静に考えることもできないし。

太田：そうなんですよ。毒親にせよモラハラ夫にせよ、被害者側がお金をかけて行動しなければいけないのは理不尽ですが、結局は逃げる方がより確実に安全確保はしやすいと思います。

親に住所を知られたくない場合は？

アル：親から逃げるために引っ越ししようとしても、バレたら妨害されるし、新居まで突撃してくるかもしれない。そうすると夜逃げのように隙を見計らって脱出するしかないですよね。私の周りにも、夜逃げ大作戦を決行したフレンズが多いです。

太田：その場合は**引っ越してすぐ最寄りの役所に行って、支援措置について相談した方がいいです**。支援措置によって、住民票を家族から見られなくすることができます。その措置をとれるかどうか役所に相談するといいです。

アル：私の友人は『ガラスの仮面』の北島マヤのように「親に住所を知られたら殺されるかもしれない、親戚にもバレるわけにはいかない……（涙）」と訴えたら、役所の人も親身になってくれてスムーズに手続きできたそうです。彼女は親が親戚を使って住所を調べないように、親戚にも閲覧制限をかけたそうです。そんなふうに千の仮面をかぶって、涙ながらに訴えるのもアリかも。

太田：経験上、支援措置はそこまで審査が厳しくなくやってもらえると思いますが、結局は窓口の判断になるので、担当者に理解してもらえるかは大事ですね。

アル：私も父親の借金取りが家にやってきたとき、迫真の演技で可哀想アピールしました。私ってこんなにウソ泣きが上手いんだ、とびっくりしました。なんでこっちが女優にならなあかんねんって話だけど。

実家から逃げたいけど、経済的に厳しい場合はどうすればいいですか？

太田：生活保護を利用するのも一つの方法です。ただ、不当なことですが現実には生活保護の申請も水際対策で追い返されたり、扶養照会（福祉事務所が親族に金銭援助できないか問い合わせすること）の壁があったりするので、支援団体や地元の信頼できる議員さんに相談することも頭に入れておくといいでしょう。

アル：経験豊富な味方がいると心強いですね！　あとアパートを借りる際も、最近は保証会社を利用できる物件が増えてますよね。とはいえ、緊急連絡先として三親等以内の親族のサインが必要といった物件もありますが、断れますか？

太田：貸す条件は大家さんの考えによるので、ダメと言われてしまったらその物件は基本諦めるしかないですね……。

アル：自分でテキトーに書いてハンコ押せばいいやんと思うけど、大っぴらには言えませんので（笑）。大家さんにダメモトで「三親等はみんな死んでるんです」と交渉するのもアリかも。

太田：なかなか空きが出ないかもしれませんが、公営住宅を借りられるといいですよね。

親子の縁を切る方法はある？

アル：ドラマとかで「親子の縁を切る！」と言い放つシーンがあるじゃないですか。でも現実には、法的に親子の縁を切ることはできないんですよね。

太田：残念ながら現状、成人した親子関係を解消する法的な仕組みはありません。どんなに仲が悪くても、親子双方で宣言してもできないんです。**ただ、成人した親子に生じる法的な関係は相続と扶養のみなので、それ以外では他人同様に暮らしてもまったく問題ありません。**

アル：毒親フレンズのみんな、ここ試験に出ますよ〜！　つまり相続と扶養さえ拒否すれば、実質的には縁を切れるわけですよね。それ以外で子どもに法的な責任が生じるものはないと。

太田：はい。相続放棄は生前にはできなくて、親が死亡して相続の開始を知ったときから3ヵ月以内が期限なので注意してください。相続放棄自体は簡単な書類に記入して提出するだけなので、難しくはないです。

アル：私は父が死んだあとに相続放棄の手続きをしました。その際、弁護士の友人から「借金を認める書類にサインしたり、借金の一部でも支払ったり、遺産の一部でも処分してしまうと相続放棄できなくなる」という恐ろしい話を聞きました。だから一切手をつけず、弁護士さんに相談するのがおすすめです。まずは無料相談をググってね。

私は23歳のときに父に脅されて保証人の書類に署名捺印してしまったため、借金を背負う羽目になりました。保証人の義務は放棄できないので、みんな絶対にハンコは押しちゃダメ！　実印を膣にしまって逃げて!!

太田：本当にひどい話だよね……。

アル：私めっちゃ可哀想!! ところで、扶養にはどんな縛りがありますか？

太田：法的に強い扶養義務、自分の生活水準と同じくらいの生活を送らせてあげるようにする義務があるのは、夫婦間と未成年の子のみです。子は親に対して、余力があれば生活の援助をするという意味での扶養義務があるので、親が成人した子に扶養請求調停を起こすことは可能です。でも、親子が不仲で親が生活に困窮した場合、親が子に扶養してくれと調停を起こしてくるより、生活保護を申請することが多いと思います。ですので、調停に関しては心配しすぎる必要はないと思います。

アル：不仲な子どもに金をくれと調停を起こすより、生活保護を申請した方が話が早いもんね。親が生活保護を申請した際、子どもに扶養照会は届きますか？

太田：行政が扶養照会を必要だと判断したら、照会の連絡はきてしまうでしょう。でも連絡があっても断れます。

アル：「そんな余裕ないので無理です」って断ればオッケーですよね。

太田：経済的に余裕がなくて無理なこともありますし、親と疎遠なことを理由にしても問題ありません。

アル：逆に自分が生活保護を申請したいときに、親や親族に扶養照会をされるのが怖い人もいますよね。回避するためのコツはありますか？

太田：2021年に厚生労働省が扶養照会をしなくてもいい条件を提示しましたが、未だにその運用に従ってない自治体もあるようです。申請時には扶養照会を拒否したいことを明確に伝えることを勧めます。「つくろい東京ファンド」のホームページでは扶養照会を回避するためのツールを公開していますので、そちらも参考にしてください。

アル：親を介護する義務もありませんよね。

太田：はい。同居や病院等に同行する義務はなく、もちろん国から強制もさせられません。行政や近所の人が子どもに連絡しても音信不通なことは珍しくなく、そんな場合は最終的に行政が面倒をみます。

アル：「親を見捨てるのか」「家族だったら介護しろ」「介護施設をお前が調べろ」とかやいやい言われても、法的には一切義務がなく、もし連絡がきても断ればいい。「だが断る」の強い意思が大事ですね！

親の死後の手続きは義務？

アル：うちの父が自殺したとき、刑事さんから「捜査のためにアパートを調べたいので娘さんに立ち会いをお願いしたい」と言われたけど、断りました。父の部屋を見たらトラウマになると思ったので。同じ理由で遺体の確認も断りました。私は警察署に行って遺体の引き取りはしたんですけど、これも嫌だったら断れますよね？

太田：法的に義務があるものではないですし、子どもに連絡がつかないこともあるので断れます。そもそも刑法に強要罪が犯罪と定められているように、**私たちには自分がしたくないことをしない自由があります。親に関することの多くは法的な義務ではなく、道義的なものや社会的な慣習によるもの。だから断っても法的には問題ありません。**

アル：私たちには自分がしたくないことをしない自由がある！　この言葉を毒親フレンズは心に刻みましょう。柱に彫刻刀で彫ってもいいかも。

私は父の死を元部下の男性から知らされたんですよ。彼は生前の父を気にかけてくれていて、私が丸投げしたら彼が全部やることになるのか、それは申し訳ないな〜と思ったので、最低限のことだけしようと決めました。超シンプルな葬式とゴミ屋敷状態だったアパートの処分の手続きだけやって、それでも計130万ほどかかりました。

私は自分が後悔したくなかったのと、当時経済的にも精神的にも余裕があったからやっただけです。自分がやりたくなければ全部やらなくていいし、それは本人が決めること。親の死に目に会う必要もないですよね。

太田：そうですね。本人が決めることで、他人が無理強いすることじゃないです。

アル：自分を守るために、やりたくないことはやらない方がいいです。自分を責めそうになったときは「敵は己の罪悪感」と唱えてくださいね！

持ち家の管理はしなきゃいけないの？

アル：親が持ち家に住んでいた場合、亡くなった後の持ち家の管理はどうなるのでしょうか？

太田：**親が亡くなった瞬間に相続が発生しているので、法定相続人の共有状態です。**不動産の相続は、遺言があれば遺言に沿って執行しますし、なければ遺産分割の協議を相続人同士でします。誰も実家に住まないので売却しようという話になった場合、売れないことも珍しくないですし、売るにしても家は取り壊すしかないことも。取り壊し費用が親の残した財産で賄えればいいですが、費用の方が上回ることもあって、結果的に相続放棄をした方が得をすることもありえます。

不動産は自分の所有物である限り、管理義務が生じます。相続放棄をしなければ所有していることになるので、たとえば植木が倒れて通行人に怪我をさせるようなことがあれば、管理義務が問われるものです。相続放棄をした場合、最終的には国庫へ帰属になるのですが、それまでは管理義務が発生します。

アル：相続って面倒くせえ!! 親だけじゃなく、（配偶者や子のいない）きょうだいが死んだ場合も相続の義務が発生するので、心配な方はすみやかに相続放棄するのがおすすめです。私には借金が得意な弟もいるので、死んだらすぐ手続きしようと思ってます。

お墓の費用と管理はどうしたら？

アル：うちは墓がなかったので、父の骨は海に散骨しました。トンカチと麺棒で遺骨をパウダー状にして、ジップロックにつめて海に撒きに行ったんだけど、これなら0円で済みます。墓の管理に悩む声もよく聞きますが、相続放棄でなんとかならないのでしょうか？

太田：祭祀関連は扱いが特殊なんですよ。誰が引き継ぐかは、遺言があれば遺言で指定されますが、特になければ相続人間で話し合います。押し付け合いになった場合に調停をするのですが、その場合には相続放棄をしていても呼ばれてしまいます。

実際には**墓所と相談し、一定額を支払い永代供養にしてもらうとか、一定の年数で墓じまいにするとか、いくつか方法を検討した上で、相続人間でお金を出し合って終わりにするという話し合いが現実的だと思います。**祭祀承継者になりたくないなら親の生前に伝えて、誰か別の人を指名してもらう必要があります。祭祀承継者は親族に限らず友人や知人を指名することも可能です。遺言で祭祀承継者に指定されたり、最初の協議で指定されたりした場合に、その地位自体から逃げる方法がおそらくないとは思うのですが、法事をしなければいけない義務はないですし、墓じまいをしてもいいとは思います。

アル：墓も面倒くせえな。可能であれば、親が生きているうちに墓じまいしてもらうのがいいですね。私は女友達と「お互いに死んだら骨を撒き合おうね」と約束してます。みんなで散骨パーティーしたら楽しいんじゃないでしょうか。

理想の遺産の残し方は？

アル：毒親フレンズからは「万が一、自分が先に死んだときに親に一銭も渡したくない！」という声も。遺言書を作る場合のポイントを教えてください。

太田：まずどう遺産を残したいかを考えてみてください。相続は遺言があれば遺言が優先されますが、遺言がない場合は法定相続分で判断されます。法定相続と異なる配分をしたい場合は、絶対に遺言書を残した方がいいです。遺言では親族に限らず、友人や保護猫団体などを指定することも可能です。子どもの頃に離婚して何年も会ってないみたいな親でも相続の権利があるので、親に残したくないなら遺言書作成を勧めています。法定相続分の計算は次のとおりです。

①配偶者と子あり：配偶者（2分の1）、子（2分の1）
②配偶者あり、子なし：配偶者（3分の2）、親（3分の1）
③配偶者あり、子なし、両親は既に死亡、きょうだいあり：配偶者（4分の3）、きょうだい（4分の1）

独身の場合、配偶者と離別や死別しており、子がいる場合には子のみが法定相続人です。子がいない場合には親のみ、両親ともに亡くなっている場合には祖父母、祖父母もいない場合にはきょうだいのみが法定相続人となります。

同じ順位の相続人が複数人いる場合は、法定相続分を人数で割った分が一人あたりの相続分です。概要はお話しした通りですが、ご自身の状況に合わせて調べてみてください。

ちなみに法定相続人がおらず、遺言で指定もなければ遺産は国庫に入ります。ご自身の希望が法定相続分で満たされるのか、遺言書が必要なのかをはっきりさせる意味でも弁護士への相談がおすすめです。そして、**遺言は生きて頭がしっかりしている限りは何度でも書き直せるので、気分が変わったら更新しようくらい**

の気持ちで、気軽に作成していただいていいと思います。

アル：遺言と法定相続分が異なる場合に、法定相続人が遺留分を請求できる制度があるんですよね？

太田：はい、遺言で法定相続分とは異なる残し方を指定できますが、相続人のほうで納得いかない場合に最低限の請求する権利があります。親が法定相続人の場合、遺言を残しても親が遺留分請求をしたら相当額が親に渡ってしまいますが、それは仕方ないです。どうしても親に渡したくない場合は、廃除といって相続人から除外する手続きがあり、虐待や重大な侮辱があったことを理由に家庭裁判所に審判を申し立てて行います。申請すれば必ず通るものでもないですし、証拠を提出する必要がありますが、方法としてはあります。

それから自分が死んだときに遺言の内容を実行する遺言執行者を指定する必要もあります。親族や友人が指名されてボランティアで行うこともありますが、遺言書の作成ついでに執行者を弁護士に指定するのは定番です。執行者にお支払いする費用は遺産の中から支払われます。

アル：国庫に行くぐらいなら、友人や猫ちゃんに残したいですよね。遺言書の作成の方法もググってみてね！

自分が病気や要介護になった場合は？

アル：独身時代の私は「自分が救急車で運ばれたとき、親に連絡されたくない。治療や延命の方針をあいつらに決められるなんて死んでも嫌だ」という強い思いがありました。だから配偶者が欲しかったし、夫と法律婚を選びました。現状は法律婚をして配偶者がいないと、親に連絡がいく仕組みでしょうか。

太田：病院での対応に関しては病院によります。ただ、事実婚や条例によるパートナーシップに比べて、法律婚の方が手続き等が面倒でないのは事実です。

アル：日本の家族主義はファックですよね。親しい友人が家族のような役割をするのはやっぱり難しいですか？

太田：**任意後見人の制度があります。役割としては身上監護（医療や介護の手続き）と財産管理があり、両方セットで受けることが多いです。**自分で選ぶことができて、友人や親戚でもいいですし、弁護士や社会福祉士などの専門家に依頼することもあります。あと生前・任意後見・死後のサポートを生前契約をしてサポートしているＮＰＯもあります。

アル：シングルのおひとりさまがこれだけ増えてるんだから、法律や制度も変わっていきますよね。というか、変わってもらわないと困る！

「老後が不安だから結婚したい」という声も聞きますが、老後のために気の合わない人と何十年も暮らす方が地獄ですよ。それに女性の方が寿命が長いんだから、最後はおひとりさまになる可能性が高い。現在でも65歳以上の女性の22・

1%がおひとりさまだし、将来はもっと増えるでしょう。私は女同士で助け合えるデンデラを作りたいです。

太田：私もデンデラはすごくいいと思います！

アル：太田さんも顧問としてデンデラに入ってほしい（笑）。今日お話を聞いて、みんなもっと気軽に弁護士に相談してほしいなと思いました。

太田：法律は皆さんが思う以上に自分の味方なので、まずは気軽に相談してほしいです。

アル：一人で抱え込まず、助けを求めることが大事ですよね。そして困ったときはお互いさま精神で、助け合っていきましょう！

●文部科学省　子供のSOSの相談窓口

https://www.mext.go.jp/a_menu/shotou/seitoshidou/06112210.htm

●内閣府　男女共同参画局

https://www.gender.go.jp/index.html

●神戸市東灘区ジェンダーしゃべり場

https://sites.google.com/view/gkobehigashinada/home

●弁護士会の子どもの人権に関する相談窓口一覧

https://www.nichibenren.or.jp/legal_advice/search/other/child.html

●つくろい東京ファンド

https://tsukuroi.tokyo/

対談

犬山紙子×アルテイシア

生きづらさを解消するために

介護で先の見えない不安

アルテイシア（以下、アル）：今日はよろしくお願いします！　Ｔｗｉｔｔｅｒでやり取りしたことはありますけど、おしゃべりするのは初めてですよね。犬山さんの本を読ませていただいてたので、楽しみにしてました！

犬山紙子（以下、犬山）：私もアルテイシアさんのコラムや本を読んでいつも膝パーカッションしてます！（笑）

アル：嬉しい……！　今回は生きづらさの解消をテーマにお話ししたいと思います。犬山さんは今までどんなことで生きづらさを感じてきましたか？

犬山：一つは母の介護です。20歳から始めたので若者ケアラーに分類されるのですが、学校やバイト、彼氏や友達との付き合いなど自分の生活もあるのに、母の代わりに家事をするのが大変でしたし、自分のキャリアや夢もある中で介護との両立に悩みました。当時は自分と同じ境遇の人がいること自体が可視化されてなくて、先の見えない不安もありましたね。きょうだいにつらさを打ち明けると代わりに苦労をかけてしまうこともあって、誰にも相談できないのも苦しかったです。

アル：当時は「ニート」を自称してたんですよね。

犬山：介護も立派な仕事なのに、親のお金で食べていることに変な罪悪感がありました。母との関係が良好だったので、きょうだいで話し合って自宅介護すると決めたのですが「自分で決めたのだから」と自己責任論で自分を縛ってしまって。当時は自虐ブームだったのもあり、それで「ニート」と自称したのですが、「親に甘えてる人は嫌い」と言われて傷つく自分もいました。

アル：膝パーカッションです（泣）。私も毒親家庭でつらいのにつらいと言えず、自虐ネタや笑い話にしてました。中高生の頃は、母親の飲酒問題や自傷行為に苦しめられました。母方の祖父からは「お前がついていながら何してるんだ」と責められて。「こっちは子どもやぞ!?」とジジイを張り倒したいけど(笑)、当時は自分を責めて一人で抱え込んでましたね。ヤングケアラー(本来大人が担う家事や家族の世話をする18歳未満の子ども)は本当に子どもでいられないだろうなって思います。

犬山：今考えると、介護を始めた20歳の頃もまだまだ子どもでした。母を自宅で介護するか病院で看てもらうか決断を迫られたのですが、そんな重要な判断ができる年齢ではなかった。母のことが大好きで一緒にいたくて介護しているものの、ストレスが溜まって、遠距離恋愛をしていた彼氏にモラハラのように当たってしまうこともありました。自分と同じつらさを共有できて安心して話せる自助グループのような場や、キャリアと介護を両立できるような方法を考えてくれる専門家と繋がりたかったです。

アル：私は「もらってないものは返せない」といつも言ってるんですよ。私は母に愛されなくて悲しかったけど、母親と仲良しな友人は、介護になったとき「私はいっぱいもらったから返さなきゃと思って、がんばりすぎてしまう」と話してくれました。今でも親に愛されて育った人は羨ましいけど、この年になると「みんなちがって、みんなつらい」と実感しますね。それに気づいて、私はちょっと楽になりました。

ゾーニングされていないエロの悪影響

犬山：もう一つの生きづらさは、性に関する混乱でした。きっかけは中1のときに何度か痴漢に遭ったことです。怒って良いのか、傷ついて良いのか、嫌な気持ちはあるけれど、これを人に相談したら「自慢」と言われるのでは、私が怒られてしまうのではと思って相談もできずにいました。「自慢」と思われるなんて不安、今考えるとおかしいのですが、当時は今よりゾーニングが緩かったこともあり、通学中に男性目線のエロコンテンツが目に入ってくる状況でした。それらの表現を見るうちに、「男性から性的に見られることは女性にとって喜ぶべきこと」と思うようになってしまい。私はエロコンテンツにリスペクトを持っていますが、女性向け含め、成人してから出会いたかった。当時は性被害にあったときの性教育を受けていなかったことも良くなかったと思います。

アル：子どもは被害を被害と認識できませんよね。何十年もたってから「自分は性被害で傷ついたんだ」と気づくことも多いそうです。

犬山：そうですよね。その後、下ネタを言ったり変顔をしたりして、わざと性の対象にならないよう振る舞って、真っ当に性と向き合うことができませんでした。向き合わなきゃいけなくなったら、自分にインストールした男性目線アプリでその都度翻訳し続けている感覚です。山田詠美先生の小説に触れるまで、女性が自分の性に主体的であって良いということもわからなかった。「あの男性色気あるよね」みたいな会話もさっぱりわからなかった。男性目線アプリでは翻訳できないからです。30歳くらいまではそんな混乱を抱いたままで、自分の中に主体性がなかったです。

アル：性暴力とエロが混同されてる悪影響は大きいですよね。ポルノに関して「現実とフィクションの区別はついてる」と主張する人がいますが、現実とフィクションを見分ける力がつくのは10代後半からだと『おうち性教育はじめます』で村瀬幸浩先生もおっしゃってます。私自身、子どもの頃に土を食べてたんですよ。

犬山：土を!?（笑）

アル：『ガラスの仮面』で北島マヤが泥団子を食べる場面にインスパイアされて、ジャリジャリ食ってみた（笑）。土を食べてもお腹を壊すだけですむけど、性暴力は被害者がいますから。

警察庁が強姦や強制わいせつの加害者に行った調査によると、33・5％が「A

Vを見て自分も同じことをしてみたかった」と回答して、少年に限ればその割合は5割近くになるそうです。日本は性教育が遅れている一方、世界のポルノの約6割が作られていて「性産業先進国」と呼ばれているそう。ポルノによって歪んだ価値観を刷り込まれないために、包括的性教育が必要ですよね。

自分の被害を認める「強さ」

アル：親の事情と自分の被害は分けて考えよう、と私はよく言ってます。「親も事情があって大変だったんだから、憎んだり恨んだりしちゃだめ」と考える人が多いけど、自分は親にされたことで傷ついたんだ、自分は被害者なんだと認めることって、回復するために必要だと思います。親にされたことを「被害」と認めるのって簡単じゃないんですよ。それこそオギャーと生まれた子どもにとって親は世界そのものだから、親を否定することは世界を否定することになるので。

犬山：上野千鶴子さんと鈴木涼美さんの『往復書簡 限界から始まる』で上野さんが〈「被害者」を名のることは、弱さの証ではなく、強さの証です〉とお話しされてましたよね。

アル：上野さんが鈴木さんに「ご自分の傷に向き合いなさい。痛いものは痛い、とおっしゃい」と語っていて、私は泣いてしまいましたよ……。「自分は被害者じゃない、そんな弱い女と一緒にしないで」という感情はウィークネス・フォビア（弱さ嫌悪）ですけど、アンチフェミの女性が性差別や性暴力に声をあげる女性を叩きたくなる理由はそれですよね。それをズバリ指摘していて「よっ、さすが千鶴子！」とスタンディング膝パーカッションしました（笑）。

犬山：私が介護のときに自虐して弱さを見せられなかったのは、「女性が弱さを見せる＝媚びてる」と叩かれる空気を感じていたからなんです。媚びている認定された女性って男性からも女性からもすごい嫌われていて、それが怖かった。「あの子、そんな言われるような悪いことしてないよね？」と腑に落ちてなかったから、過剰に怖かった。自虐は恐怖から自分を守る防御策だったんです。そういう積み重ねがあって、弱い女と見られることにコンプレックスがあったのかもしれません。

アル：私も20代でフェミニズムに出会う前は、セクハラされても「セクハラなんて屁でもないわ」と言えるのが強い女だと思ってました。そんなの男社会にとって都合のいい女でしかないのに、まんまと洗脳されてたんです。もしフェミに出会っていなければ、私もウィークネス・フォビアをこじらせて「セクハラされて騒ぐなんてプロじゃない」とか言う女王蜂になっていたでしょうね……恐ろしい子！　アンチフェミの女性は「女を弱者扱いするな」と言うけど、弱者とは弱い人ではなく、社会的に弱い立場に追いやられてる人ですよね。問題は社会の構造にあるんですよ。

あと私が毒親のつらさを話せなかったのは、他人から「可哀想」と思われたくなかったから。当時は自分で自分をみじめだと思ってたんです。「そんなに強がらなくていいんやで」と過去の自分を抱きしめてあげたいです。

鎧を脱いで生きやすくなった

アル：私は親に愛されなかった愛情飢餓感から、酒とセックスに溺れました。自傷行為的なセックスを繰り返していたけど、29歳で夫と出会い友情結婚したことが転機になりました。夫に対しては恋愛センサーがぴくともしなくて、最初から鎧を着ないで全裸状態で接することができたんです。

夫と交際した当初もまだ情緒不安定だったけど「いろいろ大変なことがあったんだから不安定になって当然だろう、別に変わらなくていいんじゃないか」と夫に言われて。「それでいいのだ」と全肯定されたのが初めてだったので、そこから「レリゴー♪」って感じでした。犬山さんはどうやって鎧が脱げていったんですか。

犬山：生きづらさの正体に気づいたのは30歳の頃で、女友達を通して間接的にフェミニズムに触れたことでした。初めて男不在でも楽しいことに気づいて、汚い自分の部屋に友達が集まって素の自分を見せ合うなんてこともできるようになりました。

二段階目は夫です。それまで彼氏の家に行っても生理用ナプキンを捨てられなくて持ち帰っていたけど、夫は「ナプキン買ってきて」と言っても嫌そうな顔もせずに買ってきてくれて。

アル：私も夫に「タンポン買ってきて。レギュラーやなくスーパーやで」とか言ってました（笑）。

犬山：そうそう、「夜用の羽根つきやで」みたいな（笑）。夫に対しては最初から何でも話せてましたね。あと夫は大学でホームレスの調査を専攻していた人で、私の中にあった自己責任論についても「それはおかしいんじゃない？」と指摘して説明してくれるような面もありました。

アル：そうやって対等に付き合える夫さんだから、仕事と家事育児を公平に分担する関係がうまくいってるんでしょうね。

犬山：そうかもしれません。そして第三段階は今ですね。共通の推しがいることをきっかけに仲良しの女友達ができて、普通ならドン引きされるんじゃないかと思うような話や、自分が加害側に回ってしまったときのことなどを打ち明けられるようになったんです。何を話しても絶対否定せずに聴いてくれる女友達が30代後半にできて、生きやすくなりました。

アル：やっぱり自己開示できるって大事ですよね。私も29歳で夫に出会って「奇人との遭遇」という衝撃からブログを書き始めたら話題になって作家デビューして、人生どん底から伴侶も仕事も得たという珍奇な展開でした。共感したとか救われたと言ってくれる読者さんもいて、書くことがセルフセラピーになりました。

あとは40歳を過ぎて「大人の女子校」を作ったことも大きいです。みんなで悩みやつらさを語り合って「わかる!!」と膝パーカッションし合うことで、悩みの半分ぐらいは解消する気がしますね。

「理解のある彼くん」はいなくてもいい

アル：世間では恋愛によって生きづらさが解消できるイメージが強いですが、どう思いますか。

犬山：逆に恋愛や結婚で孤立する女性はたくさんいますよね。「理解のある彼くん」によって救われたように見えるのは、長期的かつ定期的にコミュニケーションをとってくれる人がパートナーであることが多いからじゃないですかね。でもそれは友達との間でも成立することだと思います。

アル：同感です。私も「理解のある彼くん」のおかげで生きやすくなった人物だと思われがちですが、五七転五八倒した後の59番目なんですよ。付き合い始めはみんな理解のある彼くんなんだけど、そのうち「こんな面倒な女だと思わなかった、さよなら〜」と去っていく。そのたびにズタボロに傷ついて「もう男のいない星に行きたい……それはナメック星なのか？」と夜空を見上げて慟哭してました。「恋人さえできれば幸せになれる」というのは妄想ですよね。

犬山：「子どもができれば幸せになれる」というのも同じだと思います。子どもは小さい頃は親の手助けが必要ですが、成長するにつれて一人の人間になる。どういう距離感で関係性をつくっていくかに尽きると思うんです。私自身、子どもを産んで幸せを感じてますけど「子どもがいるから幸せ」って単純な話ではないと思います。子どもは親のモノではないとしっかり認識しなきゃいけないし、親が子に対して持ってる圧倒的な権力にも自覚的でなきゃいけないですよね。

アル：ほんとそう。あと家事負担はいまだ女性に偏っていて、男性のお世話係をしたくないから結婚したくない、という女性が増えるのも当然ですよね。最近は恋愛がなくても幸せになれるという認識が広がってきて、阿佐ヶ谷姉妹のような女同士の互助会的なロールモデルが増えてきてます。

犬山：『阿佐ヶ谷姉妹ののほほんふたり暮らし』は最高でしたね。多くの女性は一度は妄想したことがあると思うんですけど、私も女友達と「老後は一緒に住んで本専用のスペースを作ろう」って盛り上がってます。

アル：私も大人の女子校メンバーと「老後は女だけのデンデラで暮らそう」「BL図書館やシアタールームや土俵がほしいね」と話し合ってます。

自分のトリセツを知ろう

アル：若い頃は恋人のちょっとした言葉に過剰反応して、パニックになってキレたり、見捨てられ不安からお試し行動をしたり、我ながら面倒くさい女でした。「私は○○で傷ついたから、××に対してトラウマ反応が出てしまう」と自分のトリセツを理解することでキレるコミュニケーションをやめられたのですが、犬山さんはトラウマが原因で恋愛や人間関係がうまくいかないことはありましたか？

犬山：私の場合は自分の「甘えたい」って感情の発散の仕方が下手で、怒りっぽかったです。最初は性格だから仕方ないと思ってたけど、心の中にいる小さい私がずっと「甘えたい」って言ってて、夫にお母さんの役割を求めてしまい、怒って傷つけてしまう。そのことがカウンセリングを通してわかりました。くっつきたいとか安心させてほしいとか素直に伝えることが私のトリセツだと学び、そこからはずいぶんと楽になりましたね。

アル：め〜っちゃわかる！「甘えたい」って多かれ少なかれみんなあると思うんですよ。円満な家庭に育った人でも、弟妹がいて甘えたいときに甘えられなかったとか、親がものすごく忙しかったとか。幼すぎて記憶はないけど、甘えられなくて寂しい思いをしたのかもしれない。毒親育ちじゃないと傷ついちゃいけない、なんてことはないんです。甘えたい自分を認めて、素直に甘えられるようになると生きやすくなりますよね。

犬山：甘えたいって、ポンコツな状態の私を認めて欲しいってことですよね。何の役にも立ってない、何の生産性もない瞬間の私を認めて好意的に受け止めて欲しい。要するに「生きてていい」と思わせて欲しいって気持ちだと思うんです。

アル：ですよね。私も夫の前では基本赤ちゃんです。パートナーとの問題の解消もカウンセリングの影響が大きいですか？

犬山：もちろんカウンセリングにはすごく救われたのですが、一番は友達ですね。夫のことは大好きで尊敬してるんですが、二人だけで完結させていたら、どちらかに大きなストレスがかかったときに一緒に倒れてしまう。私も夫もお互い傷を持ってるので「私だったら彼の傷を癒やしてあげられるかも」モードに入ってしまうと結構しんどくて。お互いメンタルが不調なときは外の風が必要で、家に友達が来てくれてみんなで遊んで元気になったりとか。どんなに関係性が良くても、一対一だけで向き合い続けたらうまくいかないこともあると思います。

アル：私と夫は別行動派の夫婦で、一緒にいる時間が長くないのが円満の秘訣かも。あと夫が最初から「お互い人類なんだから、ちゃんと言葉にして話し合おう」と提案してくれたのも良かったです。

とはいえ、ジェンダー意識のギャップでケンカになることは多かったです。男性として生きていると見えないことがあるのは仕方ないと思いつつ、こちらもトラウマが爆発するテーマなので大変でした。私の場合は自分のコラムを読んでもらうことで伝えられたのは便利でしたね。

犬山：自分で一から説明するのはしんどいので「この記事読んでおいて」ってLINEでシェアするのもいいですよね。

アル：拙著『自分も傷つきたくないけど、他人も傷つけたくないあなたへ』では、男女間のジェンダー意識のギャップ解消法を書いたので、参考にしてもらえると嬉しいです。

手をつないでくれる友達

アル：子どもの頃は「親に愛されないのは私のせいだ」「親の期待に応えれば愛してもらえる」と思ってました。でもうちの母は子どもの前で嫌いな人に無言電話をかけるような人で、そんな精神的に幼い人に母親らしい愛情を求めても無理だった、これは私の問題じゃなく母の問題だ、と気づいてスッキリしました。「自分が生きづらいのは親のせいだ」と気づいたときはショックだし、認めるのはつらいんですよ。でも気づかないと見えない首輪をつけられてるような状態で、ずっと苦しいんです。首輪を外すときも、もがいて苦しいけど、外した後に「前より息がしやすくなってるな」と気づくんですよね。

犬山：一人で首輪を外すのは怖くてしんどいので、マウントやクソバイスをせず、気持ちに寄り添って話を聴いてくれる人が手をつないでくれてたらいいですよね。

アル：この本に「友達の作り方」というコラムを書いたんですけど、相手に好かれることばかり考えず、まずは自分が好きになれる人を見つけようと書いてます。この人のこと好きだな、一緒にいると居心地がいいなと思える相手を見つけてほしい。

犬山：無理して盛り上げようとしなくても、一緒にお茶をすすってるだけでも安心して過ごせる聖域のような人を見つけられたら最高ですよね。

思春期の女の子の手紙にある気軽にラブとかハグとか書く文化が尊いと思うんですけど、私は今も友達とそういうやりとりをするんですよ。それによって、私が失敗したとしても、叱ってくれたり受け止めてくれたりするだろうって信頼の土台ができるんです。

アル：尊い……！　ツンデレじゃなく、気持ちは素直に伝えるのが良きですね。大人の女子校は毒親育ち・フェミニスト・腐女子といった社会的には割とマイノリティ寄りの人が多いんですよ。だから職場の人には話しづらいような話も安心してできると言われます。

犬山：私も鎧を脱げた女友達はTwitterで出会いました。ネット経由だからこそ、相手がどんな考えや価値観なのか見えるのでミスマッチは防げますよね。あと推しの話がしたいときは推し活用のアカウントで話しかけたり、イベントで会ってみたりとかしてます。

アル：私は神戸で「東灘区ジェンダーしゃべり場」を開催してるんですけど、参加者から「周りの人とはジェンダーや政治の話をしづらいので助かる」と言われます。利害関係がないからこそ、鎧を脱いで話せますよね。参加者専用のLINEオープンチャットもあるんですけど、みんなで日々のモヤモヤを吐き出して共感し合ってます。

「気にしすぎじゃない？」なんて言われる心配なく、ちょっとした愚痴をこぼせる。それだけですごく癒やされると思うんですよ。お互い本名も知らないけど、手をつないでる感覚がありますね。

犬山：私も「この話は直接友達にＬＩＮＥするよりＴｗｉｔｔｅｒで３人くらいとしか繋がってないアカウントに書きたい」みたいな話はあります。内容によってちょうどいい距離感がありますよね。

身近に心から信頼できる人がいなければ、臨床心理士や公認心理師などプロの力を借りたり、行政の無料相談を利用したりでもいいと思います。カウンセリングにも相性があるので、合わなかったら別の人を探すことも必要だと思いますが。

アル：とにかく一人で抱え込まず、相談してほしいですね。みんなの悩みを聞いてると「それはあなたのせいじゃない、あなたを苦しめる〇〇が悪い」という場合がほとんどなんですよ。みんな自己責任教を刷り込まれて「自分が悪い、自分の努力不足だ」と思い込まされて、自信を失っている。だから友達やカウンセラーに相談して、客観的な意見を聞いてほしいです。

犬山：人によっては誰かに頼ることって勇気がいると思うんですけど、友達に小さなお願いをしてみるとか、少しずつ頼る練習をしてみてほしいです。もし友達にお願いするのにハードルがあるなら、まずはプロに依頼してもいいかもしれません。お金という対価を支払う分、精神的に楽な部分があるかもしれないし。

私の場合は友達がまず頼ってくれて、それから私も頼れるようになって信頼関係を築けました。自分が話を聴く態度を取っているのに、マウントやクソバイスをしてくる相手であれば、無理して自己開示しなくていいと思います。

アル：「それってあなたの感想ですよね」とか抜かす奴なら、ぶん殴っていいですよ（笑）。「対話するかどうかを選ぶ権利は自分にある」という言葉を写経して欲しいです。寺の掲示板にも貼って欲しい。

犬山：つらいときに手をつないでくれるのは人じゃなくてもよくて、アルテイシアさんの本も手をつないでくれる存在になると思います。何かつらいことがあっても自分の中のイマジナリーアルテイシアさんが「それは自己責任や努力不足ではないよ」って言ってくれるんじゃないかなって。私も最近『なんて素敵にジャパネスク』の氷室冴子先生のエッセイを読んで、イマジナリー冴子先生に甘えました（笑）。

アル：イマジナリー冴子先生、最高ですね！　私も本で出会ったフェミニストの先輩方がイマジナリー母的な存在でした。フェミニズムや毒親関連の本を読んでおくと「これ進研ゼミで見たやつ」みたいに、はっと気づけますから。真の自立は依存先を増やすことだと言いますし、みんな何かに依存して生きてますよね。いろんな人やものにうまく頼りながら、生き延びてほしいです！

オリジナル連載

漫画

［ブスなんて言わないで］
とあるアラ子

［わたしたちは無痛恋愛がしたい
〜鍵垢女子と星屑男子と
フェミおじさん〜］
瀧波ユカリ

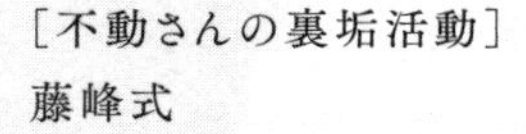

［不動さんの裏垢活動］
藤峰式

［すべて忘れてしまうから］
燃え殻／雨夜幽歩

［世界ともだち部］
［まいにちヘルシンキ］
週末北欧部chika

コラム

［生きづらくて死にそうだったから、
いろいろやってみました。］
アルテイシア

追いかけ連載
［来世は他人がいい］
小西明日翔
［臨死!! 江古田ちゃん］
瀧波ユカリ
［スキップとローファー］
高松美咲
［愛されてもいいんだよ］
天野しゅにんた
アフタヌーン編集部が
お届けする
新しいWEB漫画サイト
&Sofa
毎週月曜
イラスト特別寄稿　池辺葵

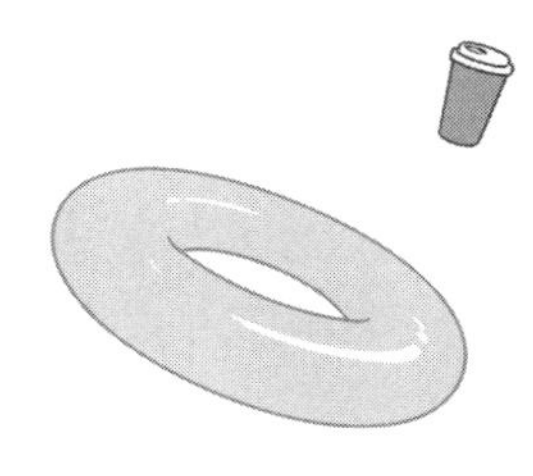

生きづらくて死にそうだったから、いろいろやってみました。

2023年4月19日　第1刷発行
（定価はカバーに表示してあります）

著者　アルテイシア

発行者　森田浩章

発行所　株式会社　講談社
〒112-8001 文京区音羽2-12-21
電話　編集 03-5395-3463
販売 03-5395-3608
業務 03-5395-3603

製版所　株式会社KPSプロダクツ

印刷所　図書印刷株式会社

製本所　株式会社若林製本工場

イラスト　丹地陽子
装丁　橋本清香
編集　杉山りか

この本を読んだご意見、ご感想をお寄せいただければうれしく思います。
なお、お送りいただいたお手紙、おハガキは、ご記入いただいた個人情報を含めて著者にお渡しすることがありますので、あらかじめご了承のうえ、お送りください。
宛先　112-8001 東京都文京区音羽2-12-21 講談社　アフタヌーン編集部
『生きづらくて死にそうだったから、いろいろやってみました。』係

落丁本・乱丁本は、購入書店名をご明記のうえ、小社業務宛にお送りください。
送料小社負担にてお取り替えいたします。
なお、この本についてのお問い合わせは、「アフタヌーン」宛にお願いいたします。

N.D.C.914 255p 18.8cm ISBN978-4-06-531113-4 Printed in Japan